KB179640

욱해서 쓴 편지

욱해서 쓴 편지

박소예 올림

STUDIO:ODR

독자님들께

저는 어릴 적 친구들에게 자주 편지를 건네는 아이였습니다. 친구와 놀다 집에 돌아와서 그날 나눈 대화를 곱씹다 보면 미처 하지 못한 말들이 뒤늦게 떠올랐거든요. 같은 반 친구 두세 명과 돌려 쓰던 펜팔에도 저의 사소한 고민이나 평소에 전하지 못하는 마음을 꾹꾹 눌러 담곤 했습니다. 하지만 왠지 모르게 쑥스러워 친구들과 편지에 담긴 내용에 관해 직접 이야기한 적은 별로 없습니다.

제 서랍에는 어릴 적부터 모아온 편지들이 자리 한쪽을 차지하고 있습니다. 엄마가 저의 첫돌을 기념하여 써준 편지부터 이사 갈 때마다 동네 친구들이 이별을 아쉬워하며 써준 편지, 짝사랑하던 아이에게 끝까지 전하지 못했던 편지, 절교를 선언한 친구에게 받은 편지까지 저는 모두 소중하게 간직하고 있습니다. 시간이 흘러 어릴 적 받았던 편지를 읽어보면 '내가 이런 사람이었나?' 싶을 만큼 편지 속 저와 지금의 저는 다른 사람 같습니다. 어쩌면 제가 생각하는 저의 모습과 남들이 바라보는 저의 모습이 다를 수도 있겠죠.

어른이 될수록 편지를 쓸 일이 사라졌기 때문일까요? 제 안에 풀리지 않는 감정이 너무나 많았습니다. 서운한 점을 말하면 상처받을까 봐, 다른 의견을 말하면 싸우게 될까 봐, 약한 모습을 드러내면 실망할까 봐, 솔직하게 말하면 관계가 어긋날까 봐… 자꾸만 두려워지는 마음 때문에 입안에서만 맴돌다 사라지는 말이 늘어갔습니다. 어느새 제 안에는 화가 잔뜩 쌓여 있었습니다.

전하지 못한 말을 글로 썼습니다. 제가 글을 쓰고 싶어지는 순간은 욱할 때였습니다. 억울한 일을 겪거나 분노가 치밀거나 울고 싶어지는 순간 저는 욱해서 편지를 썼습니다. 감정을 잔뜩 담아 쓴 이 글들은 읽는 이에 따라서는 편협하고, 일방적이고, 편향적이고, 비논리적이고, 비도덕적이고, 때론 폭력적일 수 있습니다. 하지만 우리는 하고 싶은 말이 있어도 도덕과 상식으로 자기검열을 하거나 상대방과 극단적인 의견 대립을 피하느라 본심과 다른 말을 할 때도 많으니까요. 그래서 한 번쯤 남의 입장을 고려하지 않은 채 자유롭게 저의 생각을 말하고 싶었습니다.

이 책의 일부는 화도 많고 열정도 많던 20대의 끝자락에서 제가 쓴 글을 모아 독립출판물로 엮었던 원고입니다. 방향도 모른 채 쓰기 시작한 글들이 한 권의 책으로 완성되었을 때 그 많던 울분이 발화되었다고 느꼈습니다. 그런데 몇 년이 흐르고 정식으로 출간을 준비하면서 그때와 비슷한 성격의 원고를 쓰려니 많이 어렵더군요. 예전보다 욱하는 성질이 줄어들기도 했고, 다 쏟아내는 것이 꼭 후련해지는 일만은 아니라는 생각도 들었습니다. 나의 감정이 누군가에게 상처가 될 수 있으니까요. 그래서 새로운 원고들은 친구에게 편지를 건네던 어린 시절처럼 다정한 마음을 담아서 썼습니다. 기성출판물로 출간되는 이 책은 평소 팬이었던 김그래 작가님의 멋진 만화를 추가하여 기존의 독립출판물과는 또 다른 매력을 지닌 책으로 탄생했습니다. 작가님의 섬세한 만화 덕분에 제 원고가 생기를 얻게 된 것 같아 기쁘고 감사합니다.

어른이 될수록 사회 곳곳에서 무섭고 슬프고 잔인한 일들을 경험하게 되었지만 어린아이처럼 화내거나 울 수 있는 날은 줄어들었습니다. 아이의 감정 표현은 자연스러운 것으로 받아들이지만 어른의 감정 표현은 미숙하고 부끄러운 것으로 취급하는 시대를 살고 있으니까요. 감정적인 사람이 되고 싶지 않아 차갑지도 뜨겁지도 않은 적당한 온도에서 살아가려 애썼습니다. 그런데 가끔 제 마음을 정확하게 묘사하거나 지를 생각지 못한 장소로 데려다주는 글을 만나면 억눌러왔던 감정을 해소할 수 있었습니다. 책방 주인이 되어 다양한 온도와 질감을 가진 글들을 만나며 그 글에 기대어 실컷 울고 화내고 웃을 수 있었습니다. 수많은 책들 중 한 권인 제 책이 독자님들의 서재에 꽂힐 수 있게 되어 감사합니다.

부족하겠지만 이 책의 어느 페이지에서라도 마음에 꽂히는 문장을 발견한다면, 그 문장에 기대어 아이처럼 울고 화내고 웃을 수 있는 시간을 보내셨으면 좋겠습니다.

어느 가을 끝자락에서
출간을 기다리는 박소예 올림

차례

CHAPTER 1

가끔은 뾰족하게 살아도 괜찮습니다

CHAPTER 2

그래도 먹고는 살아야 하니까

CHAPTER 3
삶의 문턱마다 곁에 있던 사람들

CHAPTER 1

가끔은
뾰족하게 살아도
괜찮습니다

부동산 아저씨께

아저씨, 안녕하세요. 저는 며칠 전 1억 8천만 원짜리 전세 찾는다고 전화한 사람입니다. 안 그래도 아저씨가 그 동네 터줏대감처럼 보이기에 여러 종류의 집들을 잘 알고 계실 것 같아서 전화 드렸는데, 아무리 제가 가진 돈이 적어도 그렇지… 그렇게까지 사람을 무시할 것 있나요?

원하는 집에 비해 가진 돈이 적다는 것은 저도 잘 알고 있지만 그래도 어림도 없는 그런 금액은 아니지 않나요? 하지만 아저씨는 제가 액수를 말하자 딱 두 마디 하셨죠.

"그 돈으로는 턱도 없어요. 난 3억 5천 이상 집만 가지고 있습니다."

뚝—

얼굴도 뵌 적 없는 분에게 이렇게 단 두 마디로 마음 상하기도 쉽지 않겠죠?

그런데요, 아저씨! 말은 바로 해야죠. 제가 가진 돈이 턱없는 게 아니라 집값이 터무니없이 비싼 거 아닌가요?

어른들은 청년들만 보면 결혼해서 자식 낳으라고 강요하는데, 그 터전이 되는 집은 대체 어떻게 살 수 있나요? 제가 이렇게 말하면 "누가 집부터 사라고 했냐, 매매는 비싸니까 전셋집을 구하면 되지"라고 쉽게들 말씀하시는데요, 몇 년 전 제가 결혼하기 위해 신혼집을 보러 다녔지만 전세는 물량이 왜 이렇게 없고 금액은 왜 이렇게 비싼 건가요? 전세 값이 매매 값과 별다를 게 없잖아요. 갓 사회생활을 시작한 저와 남편이 모은 코딱지만 한 돈으로는 정말 어림도 없었어요. "직장만 있으면 대출 다 나온다"라고 또 말은 쉽게 하시지만, 학교를 졸업하고 수년간 절약해서 겨우 학자금을 다 갚았는데 다시 대출을 받으라니요. 빚 없이는 한국에서 살 수 없는 건가요? 게다가 저와 남편은 직장인도 아니고 프리랜서였기 때문에 대출도 잘 안 나왔어요. 결국 우리 힘으로 얻을 수 있는 집은 월세밖에 없었기 때문에 저희는 월세로 신혼 생활을 시작했어요.

　주제 파악을 하고 싶다면 서울에서 집을 구해보는 것을 추천해요. 아니, 서울에서 집을 구하다 보면 자존감이 낮아져요. 청년들은 대부분 월세로 주거 생활을 시작해요. 전세 매물이 없고, 매물이 있어도 전세금이 없으면 결국 월세방을 구해야 하니까요. 하지만 월세는 더 가관이죠. 잠잘 때 빼고는 집에 머무는 시간도 없는데 눈곱만한 방 하나에 70만 원을 내야 한다니요. 더 싼 집을 원한다면 방 한가운데에 기둥이 있어도 참고 살아야 하죠. 게다가 요즘은 계약 기간도 짧아져서 계약 갱신 기간이 다가올 때마다 집주인 마음이 바뀌어서 월세가 오르진 않을까, 내가 좀 까다롭게 굴어서 이 집에서 쫓겨나진 않을까 전전긍긍해야 하고, 더럽고 치사해서 다른 집을 구하려 해도 1년 사이 오른 시세를 보면 한숨이 나와요. 큰맘 먹고 이사하려 해도 이사 비용 또한 만만치가 않네요.

　저는 대학생 때까지만 해도 천만 원이 진짜 큰돈인 줄 알았어요. 아니, 월급쟁이에게도 천만 원은 큰돈이에요. 그런데 천만 원으로는 웬만한 월세 보증금도 마련하기 어려워요. 그나마 월세가 감당할 만한 수준이다 싶으면 보증금이 적어도 2, 3천만 원은 되니까요. 반대로 보증금 천만 원 이하의 집은 월세 부담이 너무 높죠. 결국 월세를 낮추려면 비싼 보증금을 해결하기 위해 부모님의 목돈이 필요해져요. 대학만 졸업하면 등골브레이커에서 탈출할 수 있을 줄 알았는데, 효도는 언제 하나요?

저와 남편은 가족의 도움 없이 살고 싶었어요. 그래서 결혼하면 빚부터 없애자고 결심하고 돈이 모일 때마다 학자금을 갚았어요. 학자금은 이자율이 낮아서 빚이 아니라고 생각하는 친구들이 많던데, 5천 원이든 3만 원이든 빚은 빚이고 매달 은행에 내야 하는 돈이잖아요. 저희는 3년간 악착같이 학자금을 다 갚았어요. 그 후 신혼집을 구할 때보다 생활이 안정되었고, 돈도 좀 모였다 싶어 다시 전세를 알아보려고 했어요. 그래서 그 동네 터줏대감처럼 보이는 부동산 아저씨께 전화했던 거고요.

전세를 구하기 위해 한 달을 돌아다니며 알아본 서울의 한 지역은 오래된 동네라 낮은 주택과 신축 빌라가 따닥따닥 붙어 있었는데, 가장 좋은 자리는 예상대로 값비싼 아파트 단지가 차지했더라고요. 오래된 주택은 대부분 재건축을 앞두고 있어 매물이 나오지 않았고 그나마 신축 빌라 매물이 조금 나왔는데, 싸다고 해서(전세 2억) 가봤더니 창문 열면 바로 옆 빌라 벽돌이 보이더라고요(조망은 진작에 포기한 지 오래지만, 창문 열고 손을 뻗으면 옆 빌라 벽이 만져지다니). 방 두 개, 주방과 거실, 화장실을 갖춘 집이라더니 신발장 바로 앞에 2구짜리 가스레인지가 설치된 작은 싱크대 하나가 주방이었어요. 그 좁다란 공간을 지나면 문 두 개가 붙어 있었는데, 도대체 거실이 어디 있는지 고민해봤더니 두 평도 안 되는 그런 작은 규모의 복도를 요즘엔 거실이라고 하나 봐요.

3년 동안 악착같이 아꼈다고 자신할 순 없지만 3년 전에 비하면 몇천만 원이나 더 모았어요. 그런데 여전히 집은 없고, 부동산 아저씨에게 세상 물정 모르는 애 취급을 받으니 제자리걸음 해왔다는 기분이 드네요.

하루는 퇴근길 버스에서 '세금 한 푼 안 내고 월급을 20년간 모아야 한국에서 집을 살 수 있다'라는 라디오 뉴스를 들었어요. 저는 버스 손잡이를 붙들고 납세의 의무를 포기할까 잠깐 고민했어요. 그런데 20년 안에 집 하나 장만하겠다고 납세의 의무를 어길 순 없는 거 아닌가요? 아니, 사실 납세를 안 하고 싶어도 국민연금공단이 자동으로 월급에서 세금을 떼어가니 저는 제 의지와 무관하게 납세의 의무를 다하고 있어요. 그렇게 반강제적으로 빼앗긴 국민연금은 맨날 제 노후를 책임져줄 것처럼 안내문을 보내는데 그 돈으로 삼성이나 도와주고 앉았더라고요. 국민연금은 1988년 시행 초기에는 월급의 3퍼센트만 내면 60세 이후 월급의 70퍼센트를 받을 수 있다고 홍보했지만, 30여 년이 흐른 지금은 월급의 9퍼센트를 내도 월급의 44퍼센트밖에 받지 못한다고 해요. 대한민국의 임금 근로자가 평균적으로 53세에 퇴직을 한다는 사실을 고려하면 실질적인 소득대체율은 25퍼센트 내외라고 하는데… 반강제적으로 빼앗긴 월급 일부가 연금으로 쌓이고는 있지만, 도저히 제 노후를 책임져줄 것 같지는 않네요.

최저 임금이 올라 형편이 좀 나아질 줄 알았는데, 월급이 아무리 올라도 그 돈이 다 주거비로 나가니 임금이 오른 것이 체감되지 않네요.

어렵게 은행 대출에 성공했지만 이자가 무슨 월세만큼 되더군요. 심지어 3년 안에 원금을 갚더라도 중도상환 수수료를 내야 한다더라고요. 세상에. 아니, 돈을 빨리 갚겠다는데도 돈을 내라니. 세상은 참 어려운 곳이에요. 월세란 돈 안 모이고 집주인 배만 불려주는 짓인 줄 알았는데, 전세는 돈 안 모이고 은행 배만 불려주는 거였네요.

아저씨, 저를 세상 물정 모르는 어린애 취급하지 마세요. 돈도 안 모으고 뭐 했냐는 듯 나무라지 마세요. 은행에 빚내면 된다고 쉽게 말씀하지 마세요. 저는 집값 하나로도 수많은 이해관계를 생각할 줄 아는 어른입니다. 단지 이토록 이상한 구조가 바뀌지 않는 것에 괴로움을 느끼는 대한민국 청년일 뿐입니다.

내 집 찾아 삼만 리를 떠도는 청년 올림

무례한 고객님께

고객님, 안녕하십니까. 문화센터 이용에 불편을 드려 죄송합니다. 돌발 상황이 발생하여 고객님께서 많이 속상했을 것이라 생각합니다. 사고에 미처 대처하지 못한 점, 고개 숙여 사과드립니다. 죄송합니다.

하지만, 고객님의 원피스 세탁비 및 재구매비를 변상해드리기는 어려울 것 같습니다.

고객님의 자녀분이 참여한 수업은 18개월에서 24개월 사이의 아이들을 위한 체육 수업입니다. 이 수업은 신체 발달이 활발한 영유아기 아이들의 특성을 고려하여 다른 수업과는 다르게 활동적인 커리큘럼 위주로 진행합니다.

하지만 그날 진행된 수업은 그 수업의 커리큘럼 중 가장 정적인 활동이었습니다. 그리고 수업의 준비물은 색연필이었습니다. 그런데 고객님께서는 매직과 볼펜을 준비해오셨습니다. 물론 색연필이나 매직이나 필기구라는 공통점은 있지만, 고객님의 기억과는 다르게 강사님은 분명 색연필을 준비해달라고 안내했습니다. 그러므로 고객님의 자녀가 매직과 볼펜으로 고객님의 원피스에 낙서한 일을 저희 문화센터가 책임질 수는 없습니다. 다른 고객님의 자녀가 그런 것도 아니고, 고객님의 자녀가 잘못 챙겨온 펜으로 고객님의 옷에 낙서를 했다고 해서 저희가 그 옷의 세탁비와 재구매비를 지급할 이유는 없습니다. 고객님은 강사님이 수업 준비물을 잘못 전달했다고 주장하셨지만 안타깝게도 다른 고객님들께서는 제대로 챙겨오셨습니다.

또한 강사님은 분명 아주 넓은 전지를 바닥과 벽에 붙여놓으셨고, 거기에 그림을 그리도록 아이들을 통솔했습니다. 그런데 고객님의 자녀분은 전지가 아니라 고객님의 원피스에 낙서했습니다. 그 이유는 저희도 설명하기 어렵습니다. 그리고 고객님의 원피스가 얼마나 비싼지 저는 잘 모릅니다. 그렇지만 웬만한 낙서는 드라이클리닝으로 지워지지 않나요? 설령 세탁이 어렵다 하더라도 낙서가 지워지지 않으면 원피스를 다시 구매해놓으라 하시니 저희로서는 굉장히 당황스럽습니다.

　무엇보다, 그렇게 중요한 옷이라면 아이들이 밀가루를 묻히고 노는 수업에 입고 오지 않는 게 최선 아닐까요? 옷이 더러워질 만한 수업이 있으면 저희는 혹시 모를 상황에 대비하여 전날 미리 안내 문자를 드립니다. 이를테면 '밀가루 수업이 있으니 세탁 가능한 활동복 착용 부탁드립니다'라고요. 고객님도 이 수업을 오래 들으셨으니 아실 텐데요. 저희도 오랜 기간 축적된 경험을 바탕으로 고객님께 만족스러운 서비스를 제공하기 위해 항상 노력하고 있습니다. 하지만 모든 상황을 통제하기란 어렵습니다. 아이들이 색연필로 바닥에 그림을 그리는 수업에서 매직으로 부모의 옷에 낙서하는 일을 예측하기란 어려운 일입니다. 고객님이 색연필을 가져오라는 소리를 못 들었다고 주장하시고 이런 상황에 대비하지 않고 뭐 했냐고 따져 물으셔서 저희 매니저님과 서비스팀장님까지 나와서 사과를 드렸습니다. 하지만 고객님은 끝끝내 옷을 물어내라고 막무가내셨습니다.

고객님, 저는 솔직히 고객님의 이러한 행동이 이해 가지 않습니다. 저는 상식적으로 대응하고 싶습니다. 회사에는 컴플레인에 대처하는 매뉴얼이 있고 저도 교육받은 대로 매뉴얼에 따라 컴플레인에 대응하지만, 사실 그 매뉴얼은 제가 가진 상식과는 맞지 않는 경우가 많습니다. 아마도 고객님들의 상식과 제 상식이 많이 다른가 봅니다. 어떤 고객님은 홍삼 열 뿌리를 구매하시고 일곱 뿌리 드신 후에 힘이 안 난다며 환불을 요청했다죠. 이런 횡당한 사례를 나열하자면 끝이 없습니다.

저는 고객님들의 이러한 몰상식한 요구에 언제나 "네, 네" 하며 응대하기가 어렵습니다. "손님이 왕이다"라는 말이 있습니다. 물론 고객님은 돈을 쓰러 오셨고, 저희는 고객님이 소비하시는 돈으로 월급을 받고 살아갑니다. 그렇지만 저희도 월급에 맞는 노동(서비스)을 제공합니다. 저희의 노동은 고객님에게 사과를 드리는 일뿐만이 아닙니다. 다수의 고객이 원하는 강좌를 기획하고 운영하는 업무가 저희의 주된 노동입니다. 물건을 판매하는 직원들도 마찬가지입니다. 물건을 판매하기 위해 동반되어야 하는 지식 습득, 상품의 진열, 매장의 청결 관리 등 고객 응대 외에도 많은 업무가 판매원의 월급에 포함된 노동이자 가치입니다. 다시 말해 서비스업 종사자들은 고객을 응대하며 다른 업무도 처리하는 사람들입니다. 고객의 하인이 아닙니다.

간혹 심각할 정도로 무례하게 구는 고객도 있습니다. 반말도 욕설도 듣기 힘들지만, 저희의 직업을 비하하거나 가정 교육을 들먹이는 분들과 마주할 때면 정말 되묻고 싶습니다. 고객님은 어떤 가정에서 자라서 이렇게 얼굴 한번 본 적 없는 남의 부모님을 들먹이는지, 고객님은 얼마나 가치 있는 사람이기에 그렇게 남의 인격을 짓밟는 말들을 내뱉을 수 있는지 말입니다. 제가 업무상 회사에서 교육받은 대로 응대하느라 아무런 대꾸도 하지 못하고 로봇처럼 "죄송합니다"만 되풀이할 뿐이지만, 사실 속으로는 고객님이 내뱉은 욕을 그대로 따라 하고 있습니다. 고객님 표현처럼 '못 배워서' 이렇게밖에 하지 못하니 많이 배우시고 교양 있는 고객님께서 너그러이 용서해주시길 바랍니다.

언제부터 고객, 손님이라는 존재가 극진히 대접받아 마땅한 존재가 되었는지 모르겠습니다. 설령 대접받는 것이 마땅하다 하더라도, 대접받는 존재는 절대 다른 사람을 대접해서는 안 되나요? 저도 사람인지라 저를 인격적으로 대하는 사람에게만 똑같이 인격적으로 친절을 베풀고 싶습니다. 저도 일터를 벗어나 집에 가면 누군가의 딸이 되고, 다른 상점에 가면 손님이 됩니다. 저는 일터에서만 직원일 뿐 다른 곳에서는 다른 역할로 변하게 됩니다. 또한, 이 일터에서 평생 근무하는 것도 아닙니다. 무례한 고객님들과 제가 어디서 어떤 관계로 만나게 될지 장담할 수 없습니다. 그러니 우리 같이 상식을 맞춰가보면 좋겠네요. 고객님이 생각하는 상식과 제가 생각하는 상식의 수준이 같아진다면 서비스업에 종사하는 많은 직원이 좀 더 행복한 직장 생활을 꿈꿀 수 있을 것 같습니다.

저희 문화센터는 앞으로도 고객님의 편의와 향상된 서비스를 위해 언제나 노력하겠습니다.

상식이 통하고 싶은 직원 올림

전국에 계신 호갱님께

안녕하세요. 저는 서울 동작구에 거주하는 호갱1입니다. 얼마 전 핸드폰 할부 약정이 끝나자마자 제 아이폰이 고장 났습니다. 핸드폰 수명과 약정 기간 사이에는 상관관계가 있는 것이 분명합니다. 마침 한 달 후에 신형 아이폰이 예약판매를 시작한다고 해서 갈아탈까 하는 생각에 인터넷을 이리저리 뒤져보았습니다. 언제나 그랬듯이 아이폰은 참 비쌌고, 약정의 노예가 되고 싶지 않았던 저는 좀 싸게 사보려고 온갖 카페(이름부터 노골적인 '핸드폰싸게사는곳' '아.사.모' '모비스타' 등)에 가입해서 구매처를 알아봤는데 머리가 터질 것 같아서 다 관두고 이렇게 글을 씁니다.

저는 이때까지 핸드폰을 사기 위해 이 가게, 저 가게

다녀본 적이 없습니다. 주로 세 가지 요인으로 구매 점포를 결정합니다.

1. 제가 자주 다니는 길에 망하지 않고 몇 년간 버텨온 곳.
오랫동안 망하지 않았다는 것은 그만큼 손님이 많았다는 뜻이고, 손님이 많은 이유는 싸게 잘 살 수 있기 때문이 아닐까 하는 저의 막연한 추측입니다.

2. 아는 오빠가 하는 핸드폰 가게.
아는 사람이 설마 나한테까지 바가지를 씌울까 하는 안일한 저의 태도. 그런데 나중에 알고 보니 아는 사람이 더하더군요.

3. 호객 행위를 열심히 하는 분에게 잡혀서 따라간 곳.
거절을 못하는 전형적인 호갱의 특징입니다.

제 나름대로는 논리적인 기준으로 점포를 선정했음에도 불구하고 저는 언제나 3년 약정에 불필요한 부가서비스까지 유지하며 최신 기종을 사용해야만 했습니다. 그간 겪었던 숱한 실패와 배신감을 교훈 삼아 이번에는 비교하고 따져가면서 저렴하게 핸드폰을 바꿔야겠다고 다짐했지만 인터넷 카페에 등장하는 알 수 없는 용어들과 수많은 경우의 수를 감당할 수 없었습니다. 어떤 분들은 신도림 테크노마트가 핸드폰의 성지라며 매장을 추천하시고, 어떤 분들은 월에 13만 원씩 내면 아이패드까지 증정하는 곳을 추천하시고, 또 어떤 분들은 일본에 가서 핸드폰을 사오는 게 이득이라고 하시고… 결국 익스플로러 엑스 창을 누르면서 드는 생각은 '이렇게까지 하면서 핸드폰을 바꿔야 하나'였습니다. 맞습니다. 저는 호갱입니다. 누가 권하면 권하는 대로 구매하는 VIP 호갱입니다.

사실 고백하자면 저의 호구력은 핸드폰을 살 때만 발휘되는 것이 아닙니다. 저는 돈을 아예 안 쓰면 모를까, 돈을 쓰러 가서 계획한 만큼 지출하는 일이 여간해서는 없습니다. 머리가 너무 부스스하고 지저분해 보여서 상한 머리 끝만 잘라내려고 미용실에 방문했는데, 디자이너 언니는 뿌리염색을 할 때가 되었다며 그냥 염색만 하면 머릿결이 상하니 손상을 줄여주는 영양 클리닉도 꼭 같이 받아야 한다고 말합니다. 저는 이미 가운을 두르고 앉아 있고, '전문가가 나보다 더 잘 알겠지' 하는 마음으로 얼떨결에 고개를 끄덕이고 디자이너 언니에게 저의 머리를 맡깁니다. 그렇게 저는 1만 5천 원을 쓰러 갔다가 10만 5천 원을 쓰고 오는 사람입니다.

그리고 저는 차.알.못입니다. 저는 수능이 끝나자마자 면허를 땄고 일 때문에 종종 운전을 해왔지만 지속적으로 관리하며 타는 제 소유의 차는 없었습니다. 그러던 어느 날 동생이 차를 바꾸면서 이전에 타던 중고차를 저에게 버렸습니다. 말 그대로 버린 거나 다름없었습니다. 동생은 차를 아주 더럽고 험하게 썼는데, 브레이크 라이닝만 교체하면 이상 없을 거라면서 저에게 버리듯 차 키를 건네주고 떠났습니다. 연식이 오래된 중고차였지만 제 생애 첫차가 생겼다는 기쁨에 손 세차도 했습니다. 그런데 동생 말대로 브레이크를 밟을 때 이상한 느낌이 들었고, 불안한 마음에 종합 정비도 할 겸 집 앞 카센터에 차를 맡겼습니다. 보통 차 수리 비용을 바가지 쓰는 경우가 많아 차를 정비할 때 아는 사람을 통하거나 많이 알아보고 가야 한다고 들었는데 저는 그런 것도 모르고 카센터가 집과 가깝고 사장님 인상이 좋아 보여 믿음이 간다는 이유로 그곳에 차를 맡겼습니다.

카센터 사장님은 앞바퀴와 뒷바퀴 타이어를 비롯해

이것저것 교체해야 한다며 수리 비용으로 260만 원을 청구하셨습니다. 저는 분명 제 혈육에게 공짜로 차를 받기로 했는데 정신을 차려 보니 제삼자에게 260만 원 주고 차를 사고 있었습니다. 그뿐만 아니라 보험료, 재산세 등 차를 소유함으로써 내야 하는 수많은 비용을 지불하고 나니 거의 400만 원에 가까운 돈이 한순간에 통장에서 빠져나갔습니다. 동생은 저에게 400만 원짜리 쓰레기를 버리고 간 것입니다. 다행히 그 이후 별 탈 없이 차를 몰고 다니지만 차에 흠집이 나거나 이상이 생겨 카센터에 갈 때면 긴장되고 손이 덜덜 떨리더라고요. 물론 저는 아직도 집 앞 카센터를 애용합니다. 더 싼 곳을 알아보려고도 했지만, 사장님이 워낙 친절하신 데다 단골이 되면 언젠가는 비용을 깎아주지 않을까 하는 막연한 기대에 계속 이용하고 있습니다.

그뿐만 아니라 소소하게 누릴 수 있는 할인 혜택도 좀처럼 누리지 못합니다. 통신사 포인트도, 각종 카드사 포인트도 쌓기는 잘하는데 결제할 땐 왜 사용해야 한다는 생각을 못 하는지 모르겠어요. 결제를 끝낸 후 쌓아놓은 포인트가 떠오르지만 다시 취소하기 뭐해 그냥 포기할 때가 많습니다.

주변 사람들은 제가 이런 이야기를 하면 '호갱'이라며 저를 놀려댑니다. 그런데 사실은 저도 할 말이 있습니다. 뭐든 싸게 사면 좋긴 하지만 우리 꼭 그렇게까지 치밀하게 살아야 하나요? 조금 더 알아보고 발품을 팔아서 마땅히 누릴 수 있는 권리를 누리는 것은 좋지만, 1원 한 푼도 손해 보지 않으려 하고 싼값에 더 많은 것을 얻으려 애쓰다 보면 내가 무엇을 위해 소비하는 건지 불분명해집니다.

우리는 상품을 구매할 때 소비자 가격으로 금액을 지불합니다. 소비자 가격이란 '어떤 재화의 생산자 가격에 이윤, 운임료 등을 추가하여 판매자가 소비자에게 매도하는 가격'을 말합니다. 가령 통신사마다 고객 유치 경쟁이 치열하기 때문에 대리점은 고객 확보를 목적으로 저렴하게 기기를 판매하고, 요금제·약정 등 기타 수익으로 얻는 인센티브와 대리점당 고객이 접수된 건수 등을 종합해서 백마진을 남긴다고 합니다. 그렇기 때문에 소비자는 가격 비교를 하지 않고 가면 같은 핸드폰이라도 '나 다르고 너 다르게' 구매하게 되는 겁니다. 미용 약품에도 원가가 존재하지만, 상가 임대료와 헤어디자이너의 인건비 등 미용실 운영에 여러 가지 비용이 발생하기 때문에 소비자는 그 모든 비용이 포함된 상대적으로 비싼 금액을 지급하고 서비스를 받게 됩니다.

할머니를 모시고 고급 식당에 가면 "원가가 얼마인데 이 값을 내고 밥을 먹느냐"라는 말을 자주 듣습니다. 원가만 따진다면 고기를 사서 직접 굽거나 미용 가위를 구매해 스스로 머리를 자르겠지만, 우리는 판매자가 제공하는 편의와 분위기, 전문가의 숙련된 기술이 필요하기 때문에 고급 식당에 가서 직원이 구워주는 고기를 먹고 미용실에 방문하여 헤어디자이너에게 머리를 맡기는 것입니다. 그런데 그 금액을 지나치게 아까워하는 사람들을 보면서 저는 우리가 소비를 통해 얻는 것, 말하자면 안락함이나 서비스보다 소비 행위 자체에 집중하는 건 아닐까 하는 생각이 종종 듭니다. 물건이나 서비스가 필요해서 소비했다기보다는 저렴한 소비 행위를 위해 소비하는 경우도 많은 것 같습니다.

몇 년 전 시청자가 쓴 소비 내역서를 보면서 절약의 노하우를 알려주는 프로그램이 유행했습니다. 저는 호갱 소비자로서 이 방송을 보며 반성할 때가 많았습니다. 소비요정, 지름신, 시발비용이라는 신조어들도 생겨났습니다. 이러한 단어들은 그만큼 요즘 사람들에게 불필요한 소비가 늘어났다는 사실을 드러냅니다.

그렇지만 무조건 돈을 안 쓰기보다는 '우리는 어떤 것을 왜 소비하게 되는가'를 고민해보아야 합니다. 제가 남편과 한 달간 유럽 여행을 다녀왔을 때의 일입니다. 길거리를 걷다 보면 수많은 사람과 마주치는데, 그곳 사람들은 하나같이 다른 옷을 입고, 다른 헤어스타일을 하고, 다른 신발을 신고 있었습니다. 유행이랄 것이 특별히 존재하지 않고 각자 자신의 개성대로 살고 있다는 인상을 받았지요. "외국에서 단가라 티에 슬랙스 바지, 단화 신은 사람은 다 한국인"이라는 우스갯소리가 있습니다. 그런데 정말 외국에서 마주친 한국인들은 대부분 그러한 모습을 하고 있었습니다.

한국은 유행에 민감하다고 합니다. 그래서인지 한국 사회는 지나치게 소비를 조장한다는 생각이 듭니다. 한국에서 살다 보면 "사야 한다"라는 말을 굉장히 자주 듣습니다. '머스트 해브 아이템Must Have Item'이 넘쳐나죠. 예능 프로그램에서는 게스트들이 자신이 쓰는 물건을 가져와 '혼자 사는 여자에게 꼭 필요한 아이템'이라며 소개하는 형태로 수많은 제품을 광고하고, 드라마에서는 주인공이 뜬금

없이 홍삼을 먹는 PPL로 시청자의 감정선을 다 망가뜨립니다. 그뿐만 아니라 의류 기업이 학급에서 소외당하고 싶지 않은 중·고등학생의 심리를 자극하여 비싼 패딩, 책가방, 신발 등을 '머스트 해브 아이템'으로 홍보하는 탓에 '등골브레이커'라는 말이 생겨날 정도입니다. 그야말로 사지 않고는 못 배기게 소비를 조장합니다. 그래서 결국 지름신이 강림하고, 소비요정이 되고, 시발비용을 지출하게 되는 겁니다.

우리는 아낄 땐 아끼고 쓸 땐 써야 합니다. 저는 무조건 아끼는 사람도 아니고, 무조건 아껴야 한다고 생각하지도 않습니다. 다만 그 적정선을 어떻게 지킬 것인지, 소비를 통해 자신이 얻고자 하는 것이 무엇인지 생각해보았으면 합니다. 저희 할머니는 "아껴야 잘 산다"라고 말씀하십니다. 그런데 가끔은 "아끼면 똥 된다. 쓸 땐 써야 한다"라고 말씀하십니다. 그래서 할머니께 여쭤봤습니다. 할머니에겐 '쓸 때'가 도대체 언제냐고요. 그러자 할머니는 "사람 된 도리를 하는 일에는 아끼지 말아야 한다"라고 말씀하셨습니다.

사람 된 도리를 하는 일.

저는 그 일이 무엇인지 고민해보았습니다. 할머니는 축의금이나 부조금, 소중한 사람을 위해 내는 밥값 등이 사람 된 도리를 하는 일이라고 말씀하셨습니다. 그 말은 누군가를 축하하는 일, 위로하는 일, 격려하는 일, 감사하는 일에는 돈을 아끼지 말라는 뜻이었습니다. 저도 할머니의 말에 동의합니다. 그래서 저는 경조사의 프로 참석러가 되기도 했습니다.

하지만 사실 그런 일을 제외하고도 돈 쓸 곳은 넘쳐흐릅니다. 저는 가끔 적당한 사치로 행복을 얻습니다. 무엇을 위해서 소비를 참고 살아야 하는 것인지 그 이유를 모를 때 더더욱 거침없이 지갑을 열었습니다. 돌발 지출이란 불필요한 소비를 합리화하기 위한 핑계라고 지적하는 분들도 많지만 저는 각자 분수에 맞게 사치를 부린다면 큰 문제가 없다고 생각합니다. 그래서 이제는 돌발 지출을 대비하여 적금까지 부어가며 신나게 소비 생활을 이어가는 사람이 되었습니다. 카카오뱅크의 적금 상품을 활용해서 사치 통장을 개설하고, 여행 통장도 만들고, 결혼기념일 통장까지 따로 장만하여 매일 적은 금액을 모아 한 번에 큰 지출을 하기도 합니다.

저금하기 시작한 지도 얼마 되지 않았습니다. 돈을 번 기간은 꽤 오래되었지만 갚아야 할 빚이 너무 많았습니다. 부모님의 도움 없이 결혼한 저희 부부는 월세방에서 신혼 생활을 시작했습니다. 집을 구할 당시 월세 보증금까지는 마련했지만 전세 자금을 감당할 만큼의 목돈은 없었기 때문이죠. 대출을 받는다는 선택지도 있었지만 이미 있는 빚에 더 큰 빚을 얹는 것이 사회 초년생에게는 꽤나 부담스러운 일이었습니다. 남편은 4년제 대학을 다니면서 생활비와 등록금을 꾸준히 대출받아야 했기 때문에 이미 꽤 큰 금액의 빚을 안고 있었거든요. 그렇게 빚과 함께 저희의 신혼 생활이 시작되었습니다.

수많은 청년이 대학만 졸업했을 뿐인데 빚쟁이가 되었습니다. 수많은 청년이 결혼 생활을 위해 집을 얻었을 뿐인데 빚쟁이가 되었습니다. 빚 안 지고 살기 힘든 요즘 세상에서 저축으로 부자 된다는 말은 한물간 이야기가 된 듯합니다.

우리의 노동은 돈으로 환산되는데, 돈을 버는 행위가 빚을 갚기 위해서만 존재한다면 노동은 성스러운 일이 될 수 없을 것입니다. 아껴서 잘살 수 있다면야 좋겠지만 언제까지 머나먼 미래를 대비해 현재의 희생을 정당화해야 할까요? 우리는 무엇을 위해 돈을 모으고 돈을 쓰고 있는지, 그 목적이 결국 돈 자체는 아닌지 고민해보아야 합니다. 소소한 사치가 작은 행복이 될 수 있다고 생각합니다. 그러니 가끔 지르세요. 호갱이 되어도 나를 위로해주는 무언가가 생긴다면 좋은 일 아닌가요?

나름의 기준이 있는 호갱1 올림

머리끝만 조금 다듬어 주세요.

네~

뿌리 염색 언제 하셨어요? 염색도 같이 하셔야겠는데~

아— 그래요? 그럼 같이 해주세요.

모발이 많이 상해서 클리닉도 해야겠는데 같이 해드릴까요?

기본, 고급, 최고급 있는데 아무래도 최고급이 낫겠죠?

그리고 이건 저희숍 전용 에센스인데~ 이번에 특가로…

짜잔— 다 되셨어요!

얼떨떨…

커트, 염색, 스페셜 클리닉과 에센스까지. 00만 원입니다.

아…

041

어머님 전상서

죄송합니다, 어머님. 이런 글을 쓴다는 것이 유교 사상에 어긋나고 며느리의 도리가 아닌 것을 압니다. 그렇지만 할 말은 해야 저도 병이 안 나요. 부족하고 못난 며느리를 너그러이 용서해주세요.

며칠 전 어머님께서 보낸 문자를 보고 저는 정말 충격을 받았습니다.

'애야, 네 남편 좀 챙겨라. 얼굴이 너무 까칠하더라. 머리도 길고 피부도 푸석푸석하고 다크서클도 너무 심하더라. 그런 건 다 아내 몫이야.'

어머님, 저는 제가 왜 이런 이야기를 들어야 하는지 잘 모르겠어요. 안 그래도 겨울이라 남편 피부가 건조해 보여서 팩 좀 하라고 했는데 남편이 귀찮다며 그냥 자더라고요. 그리고 머리 스타일은요, 어머님이 보시기엔 좀 길게 느껴질지 몰라도 제가 보기엔 멋있어요. 요즘 젊은 남자들 사이에서 유행하는 스타일이거든요. 다크서클은 제가 더 심해요, 어머님. 제 얼굴도 자세히 봐주세요. 그리고 오빠가 유독 피곤해 보인 건 아마도 전날 게임하느라 늦게 잤는데 어머님 댁에 간다고 평소보다 일찍 일어나서 그럴 거예요. 오빠가 아침잠이 많잖아요.

그런데요, 어머님. 어떤 이유에도 불구하고 남편을 챙기는 것이 왜 아내의 몫인지 저는 이해할 수 없네요. 나이 서른을 넘게 먹은 성인 남성을 왜 남편보다 겨우 한 살 어린 성인 여성이 챙겨야 하나요? 저희는 둘 다 어른이에요. 결혼을 통해 부모님에게서 독립하여 새로운 가정을 꾸린 성인이죠. 성인은 보호자의 돌봄이 필수적인 존재가 아니잖아요. 자기 몸은 자기가 돌볼 수 있는 사람들이죠. 체력이 예전 같지 않다고 느껴지면 건강식품을 챙겨 먹고, 과음한 다음 날은 집에서 얌전히 쉴 줄 알고, 부모님을 뵙기 위해서 피곤해도 일찍 일어나는, 컨디션을 조절할 줄 아는 성인이요.

문자를 받고 저는 '어머님이 나에게 어떤 기대를 하고 계신 걸까?' 하는 의문이 들었어요. 그동안 저는 소위 '시집살이'라고 불리는 상황들을 겪고 있지 않다고 생각했어요. 어머님은 제가 인터넷에서 접한 고부 갈등 사연글이나 아는 언니들에게 들었던 결혼 생활 이야기 속 까다로운 시어머니의 모습이 아니었거든요. 그런데 그 문자를 받으니 제가 생각하는 아내의 역할, 며느리의 역할과 어머님이 기대하시는 역할이 다를 수 있겠다는 생각이 들었어요.

가끔 아들 둔 어머니들이 "장가가면 철들 것 같아서 보내놨더니"라는 말을 하시잖아요? 저는 이 말이 정말 이해가 가지 않았어요. 아들이 성인에게 요구되는 역량과 자세를 갖추지 못했다면 양육자로서 그 책임을 일부 가지고 있을 텐데 왜 그 책임을 아들의 아내, 당신들의 며느리에게 떠넘기려고 하는지… 그렇게 무책임한 말이 없다는 생각을 했어요. 어머님도 혹시 그런 역할을 저에게 바라시는 건가요?

솔직히 말씀드리면 저는 그런 역할을 떠맡으려고 결

혼을 선택한 것이 아니에요. 제가 결혼을 선택한 이유는 남편을 사랑했기 때문입니다. 그렇지만 사랑하기 때문에 상대의 모든 결함을 덮어주고 감당하면서 희생할 의무는 없어요. 저는 자신의 삶을 책임질 수 있는 성인과 성인이 만나 상대가 가진 규칙을 배려하고 조율하면서 함께 살아가는 과정이 결혼이라고 생각해요. 남편과 저는 30년 가까이 서로 다른 생활 공간에서 자신만의 삶의 방식을 가지고 살아왔습니다. 다른 조건, 다른 환경 속에서 지내던 두 사람이 하루아침에 하나로 묶여 살아야 한다면 그만큼 힘든 일이 어디 있겠어요? 서로가 추구하는 방향 중에 함께할 수 있는 것은 함께하고, 절대 섞이지 않는 영역은 각자의 방식으로 해소하면서 살아갈 수 있어야 행복한 가정이라고 생각해요.

그래서 저는 남편의 외모를 챙겨주는 것이 결코 아내의 몫이라고 생각하지 않아요. 솔직히 어머님은 아들 장가보내기 전에 매일 아들이 입을 옷과 헤어스타일, 로션까지 챙겨주셨나요? 이렇게 치사하게 따지고 싶지는 않지만요.

그냥 제가 혼날 일이 있다면 혼나겠습니다. 그렇지만 그건 오로지 저와 어머님 사이에서 비롯된 문제였으면 좋겠어요. 제가 말실수를 했거나, 어머님이 서운하게 여길 행동을 했거나 그럴 때요. 남남으로 살 테니 관심 두지 말아달라는 뜻이 아니에요. 저도 어머님과 아버님 그리고 그 아들딸과 한 가족이라고 생각해요. 저 빼고 다 똑같이 생긴 가족이지만요. 생긴 건 다르지만 어머님과 제가 한 사람을 사랑하는 마음은 같잖아요. 우리는 둘 다 그 사람의 추억과 삶의 스토리를 공유하는 사람들이잖아요. 그러니 제가 선을 긋는 게 아니고 나만 사랑하는 방식에 조금 차이가 있다고 생각해주셨으면 좋겠어요.

되바라졌다고 저를 혼내실 수도 있지만 그 또한 감당할게요.

제가 가끔 솔직하게 속마음을 말해야 어머님이 저를 오해하지 않을 것 같아요. 꾸지람을 듣고 있다고 해서 그 말에 동의한다는 뜻은 아니거든요. 그러니까 건방지다고 여기셔도, 저는 말대답합니다. 저는 이런 생각을 하는 사람이라고요. 어머님은 제 생각에 동의하지 않을 수 있어요. 그렇지만 저에 대해서 아시게 되겠죠. 제가 결혼 생활을 어떻게 정의하는지, 남편과 어떻게 살고 있는지요. 그런 이유에서

저는 언제나 말대답을 할 거예요. 진짜 제 모습을 알아봐
달라고요.

버르장머리 없지만 이게 제 모습입니다.
죄송하고 사랑합니다.

한없이 부족한 며느리 올림

나의 오만함을 일깨워준 J에게

J야, 안녕? 염치도 없이 이렇게 너에게 편지를 쓴다. 생각해보니 나는 너와 네 어머니께 받기만 했지. 내가 해준 건 하나도 없는 것 같아. 내가 너에게 준 게 없는데도 너와 네 어머니는 항상 내게 고마워했지. 나는 너에게 죄책감을 가지고 있었던 것 같아. 그래서 우리가 다시 마주쳤을 때 그렇게 당황했나 봐.

우리가 처음 만난 건 초등학교 3학년 때였지. 열 살이었어. 나는 부모님을 잃고 조부모님 손에서 자란 탓에 또래보다 의젓하고, 눈치도 빠르고, 기가 셌지. 조부모님은 내가 부모님에게 받지 못하는 사랑을 부족함 없이 채워주려 했어. 그렇게 넘치는 애정과 보살핌 속에서 자란 나는 세상에 무서운 게 없고 나 잘난 맛에 사는 어린애였어.

너는 학교에서 놀림을 받던 아이였지. 짓궂은 남자애들은 매일같이 너를 괴롭혔어. 너는 다른 아이들보다 말이 조금 느리고, 생각도 조금 느렸지. 남자애들은 쉬는 시간마다 너를 찾아가 더럽다고 놀리고, 바보라고 놀렸지. 여자애들은 그런 남자애들이 한심하다고 생각했지만 나서서 말리진 않았어. 그냥 방치할 뿐이었지. 그런데 나는 말렸지. 남자애들을 꾸짖었지. 너와 짝이 되겠다고 선생님께 자진해서 말했지.

사실 왜 그랬는지 모르겠어. 나서는 걸 좋아하는 성격이라 그랬는지, 부반장이라 책임감을 느꼈는지, 어쩌면 정의를 구현해야 한다는 착한 아이 콤플렉스에 빠져 있었는지도 몰라. 그렇게 우린 짝꿍이 되었지.

1년 내내 나는 너와 짝꿍이었지. 다른 아이들은 짝사랑하는 친구와 짝이 되고 싶다며 자리를 바꾸는 시간마다 기대감에 부풀었는데, 나는 짝사랑하던 아이가 다른 반이라 너랑 짝꿍이 되는 게 아쉽지 않았어. 너의 옆자리에 앉는 동안 나는 너에게 공부를 가르쳐주고 집에도 같이 갔지. 같은 반이다 보니 수업이 동시에 끝나는 데다 집 방향까지 겹쳐서 어쩔 수 없었어. 너에게 공부를 가르쳐준다고 말하자 담임 선생님은 '부진아(저능아) 학습지도'라고 쓰인 책을 나에게 주셨어. 나는 그 용어를 보고 조금 놀랐어. 다른 아이들이 그 책을 보면 안 될 것 같아 가방 속에 꼭꼭 숨겨두고 너희 집에 가서만 그 책을 펼쳤어. 그런데 아이들은 그 책을 보지 않았는데도 너를 저능아라고 불렀어. 지금 생각하면 겨우 열 살밖에 안 된 애들이 어쩜 그리 폭력적이었을까 싶어. 그렇지만 그때는 서로서로 놀리다가도 언제 그랬냐는 듯 다시 어울려 놀았고, 반마다 괴롭힘 대상이 한 명씩은 있던 시절이었지. 꼭 신체적인 폭력만이 폭력이 아니라는 사실을 커가면서 알게 되었지만 그때 나는, 우리들은 잘 몰랐지.

그 이후로도 우리는 3년 내내 같은 반이었고, 짝꿍이었지. 선생님들도 너무하지. 일부러 너와 나를 계속 붙여둔 거야. 그래야 자기들이 편할 테니까. 하지만 내가 쉬는 시간에 자리를 비우면 아이들은 영락없이 너를 괴롭혔어.

6학년이 되자 나는 너의 그늘에서 벗어나고 싶었어. 처음으로 너와 짝이 되길 거부하고 좋아하는 남자애와 나

란히 앉아봤지. 새로운 여자 친구들을 사귀어서 학교가 끝나면 그 친구네 집에 놀러 가기도 했지. 3년 내내 너를 돌봐야 했기에 나도 많이 지치고 피곤했어. 그래서 가끔은 짓궂은 남자애들이 수업 중에 너에게 지우개를 던지며 괴롭혀도 못 본 척했어. 그 아이들이 쉬는 시간에 너의 물건을 던지면서 놀아도 교실에서 빠져나와 모르는 척했어. 너의 울음소리가 들리면 그제야 교실 안으로 들어가 너를 다독이면서 아이들을 쏘아붙였지. 반 친구들에게는 내가 정의로워 보였을지 몰라도 실은 나 비겁한 애였어. 돌이켜보면 교실 안에서 문제를 중재하는 역할은 선생님이 해줘야 하는데, 어린 나는 내가 감당하는 온갖 불편함이 전부 너의 탓이라고 생각했어. 너와 같은 반이 되지 않았다면 나는 더 많은 친구를 사귀었을 거라고, 너와 같은 반이 되지 않았다면 남자애들과도 재밌게 놀았을 거라고, 이 모든 상황이 다 너의 탓이라고 생각했어.

그래서 나는 네 어머니께 거짓말을 했어. 중학교 입학을 앞두고 지망 순위를 쓸 때쯤이었어. 학교 가는 길에 네 어머니를 마주쳤는데, 어머니께서 요즘 왜 집에 안 놀러 오냐고 하시면서 "너는 중학교 1지망 어디 썼니?"라고 물어보시는 거야. 나는 순간 중학교에서까지 너를 챙겨야 할까 봐 두려웠어. 그래서 내가 지원하지 않은 학교의 이름을 댔어. 너에게서 벗어나고 싶었거든. 미안해. 그렇게 우린 다른 학교에 진학했지.

그 후 우린 각자의 삶을 살았고, 10년이 지나 우연히 길에서 너와 네 어머니를 마주쳤어. 10년이 지났는데도 두 사람을 마주하자 나는 얼굴이 화끈거렸어. 어린 시절 내 본심을 다 들킨 것 같아 창피했어. 너는 나를 반가워하며 핸드폰 번호를 물었고 우리는 번호를 교환했지. 너는 자주 나에게 문자를 보냈고, 나는 반은 씹고 반은 답했지.

그러다 무슨 마음이었는지 너를 한번 만나고 싶다는 생각이 들었어. 아마도 나의 죄책감을 덜고 싶어서였을 거야. 한번 보자는 나의 제안은 100퍼센트 선의가 아니었어. 네가 내 속마음을 알았다면 크게 실망했겠지.

10년 만에 만난 너는 나와 같은 스물네 살 성인의 모습을 하고 있었어. 그런데 5분도 안 돼서 알겠더라. 너의 말투, 너의 기억, 너의 삶은 여전히 열세 살의 아이라는 것.

나는 네가 혹시 중·고등학교 때 심한 괴롭힘을 당한 건 아닌지 걱정했어. 중·고등학생은 초등학생과는 괴롭힘의 수준이 다를 테니까. 성폭행을 당하거나 학교 폭력으로 자살한 학생들의 소식을 뉴스에서 접할 때마다 나는 네가 떠올랐어. 그리고 왠지 모를 죄책감이 들었어. 나는 둘러말한답시고 "그동안 잘 지냈어? 혹시 무슨 일은 없었어? 음… 아픈 곳은 없었어?"라고 물었어. 그랬더니 네가 "나 수술해서 너무 아팠어"라고 대답하더라. 나는 가슴이 철렁 내려앉아서 "왜? 무슨 일 있었어? 누가 그랬어?"라고 되물었는데, 너는 아무렇지 않은 얼굴로 안경을 벗더니 말했어.

"나 쌍꺼풀 수술했거든. 눈이 너무 작아서 안 예뻤잖아. 너는 수술 안 한 눈이지?"

나는 웃음이 터졌어. 네가 말한 수술이 이십 대 여자들이 자주 받는 아주 흔하디흔한 성형수술이라고는 상상도 못 한 거지. 순간 죄책감보다는 아주 오랜만에 반가운 친구를 만난 기분이 들기 시작했어. 시간 가는 줄 모르고 너와 수다를 떨다가 집에 돌아왔지. 그런데 집에 와서 생각해보니 내가 얼마나 오만한 사람인가 싶더라.

나는 너를 만나는 게 아니라 만나준다고 생각했고, 네가 받은 수술이란 다 무겁고 심각한 일 때문이라고만 여겨온 거야. 평범하게 살아왔을 네 인생을 내 삶보다 불행한 것으로 치부하고 내 멋대로 동정한 거지. 나의 편협함과 이기심에 또 한 번 얼굴이 화끈거렸어. 진심으로 사과할게. 정말 미안해, J야. 나는 너를 나보다 더 낮은 존재로 만들고 나는 너보다 낫다며, 불쌍한 아이를 도왔으니 나는 참 괜찮은 사람인 것 같다며 스스로를 높이고 있었어. 열 살일 때도, 10년이 지나 성인이 되어서도.

이 글은 그때의 내 오만함을 경계하기 위해 쓰는 나 자신을 위한 편지가 되어버렸어.

또다시 너에게 전하는 진심이 아니게 돼버렸네.

그럼에도 불구하고, 내 진심이 너에게 닿길 바라.

미안해, J야.

좋은 사람이 되고 싶었지만
언제나 이기적이었던 너의 친구가

피, 땀, 눈물을 흘리는
연습생들에게

오늘은 마음이 많이 불편했습니다. 침대에 누워 포털 사이트 메인을 뒤적거리다가 아이돌 선발 프로그램의 한 장면을 보게 되었거든요. 통상 오디션 프로그램에서는 참가자가 준비한 무대를 보여주고 심사위원들이 그 무대를 평가합니다. 그 과정에서 뼈아픈 독설이 오가기도 하고, 손발이 오그라드는 칭찬 세례가 쏟아지기도 합니다. 제가 본 영상은 그런 장면 중 하나로 심사위원분이 아이돌을 준비하는 연습생에게 나이가 많다느니, 하는 일은 많았는데 되는 일은 없었다느니 하는 독설을 날렸습니다. 편집이 가미된 자극적인 연출일지라도 솔직히 그 장면은 너무 폭력적이었습니다. 저한테 한 말도 아닌데 저까지 눈물을 쏟을 것만 같았습니다.

　오디션 프로그램은 몇 년간 계속되는 한국 방송의 단골 콘텐츠죠. 참가자들의 열정과 사연을 팔아 장사하는 양산형 프로그램에 신물이 날 정도지만 여전히 많은 오디션 프로그램이 높은 시청률을 만들어내며 실시간 이슈를 낳습니다. 사실 TV 프로그램뿐만 아니라 오프라인에서도 연예인 지망생, 아이돌 연습생들을 뽑는 오디션이 어마어마하게 진행되고 있습니다.

　영화과 학생이던 저는 지난 10년, 아니 그보다 더 오랜 시간을 지망생, 연습생들 속에서 살아왔습니다. 대학교에서 5분짜리 단편영화를 만들 때도 100여 명이 넘는 배우 지망생들의 프로필을 검토해야 했습니다.

　영화사에서 상업영화 스태프로 일할 때는 새로운 작품에 들어갈 때마다 2천 명이 넘는 배우들의 프로필을 접수받았습니다. 배우를 모집한다는 소문이 업계에 돌면 수많은 매니지먼트의 매니저 및 소속사가 없는 배우 지망생, 무명 배우들이 영화사를 찾아옵니다. 영화사는 주로 신사, 청담, 논현동에 소재하고 있는데 그 주변에는 영화사뿐만 아니라 각종 연예기획사, 모델 에이전시들이 모여 있어서 지망생이나 연습생들을 자주 마주칠 수 있습니다. 가수 소속사의 경우 자체적으로 매달 오디션을 진행하는 곳도 있어 오디션 날만 되면 건물 앞에 인파가 몰려 있는 장면을 종종 목격하게 됩니다.

영화사에서 근무하던 시절 매일 같은 시간에 찾아오는 배우분이 있었습니다. 주로 작은 역할을 맡아 어렵게 연기 생활을 이어가시는 분이었습니다. 그분은 매번 똑같은 프로필을 주고 가셨습니다. 아마도 스태프의 얼굴을 익혀 오디션 기회를 잡으려는 전략이었겠지요. 짧게 인사를 나누는 순간에도 그분의 눈빛은 너무나 간절했습니다. 그 눈빛을 보고 있자면 저에게 캐스팅 권한은 없지만 정말 뭐라도 시켜드리고 싶은 마음이 들었습니다. 프로필을 전하는 배우들의 눈빛은 대부분 너무나도 절실합니다. 그 눈빛에 담긴 진심을 보고 있기 미안할 정도입니다. 제가 해줄 수 있는 일이 없어 죄책감마저 듭니다. 저는 정말 더는 그 눈빛들을 보고 싶지가 않습니다.

하지만 TV에서도 그 눈빛들을 마주치니 이젠 연민보다도 짜증이 치밀어 오릅니다. 하루는 우연히 〈프로듀스

101 시즌2〉라는 프로그램을 보게 되었습니다. 워낙 전국적인 인기를 끌던 프로그램이라 우연찮게 재방송을 몇 번 시청했는데, 그곳에서는 여리게 생긴 아이 같은 남자애들이 나와 심사위원의 혹평을 받아 울고, 준비한 무대를 보여주기도 전에 떨려서 눈물을 쏟았습니다. 참가자들의 인터뷰를 통해 그들의 간절함과 절박함을 엿볼 수 있었습니다. 그 프로그램을 보고 있으면 마치 세상에 직업은 아이돌뿐인 것만 같았습니다. 아이돌이 너무나 되고 싶다는, 그게 아니면 죽을 것 같다는 열네 살 어린 참가자의 절절한 인터뷰를 보면서 저는 TV에 대고 "세상에 직업은 많아. 넌 그거 아니어도 충분히 행복할 수 있어"라고 혼잣말을 내뱉었습니다.

저는 당신들의 꿈을 비난하거나 비하하고 싶은 것이 아닙니다. 수많은 지망생과 연습생들을 가까이서 봐왔기 때문에 안타까운 탄식을 내뱉는 것입니다. 하긴, 당신들에게 무슨 잘못이 있을까요. 당신들의 꿈은 누군가 혹은 무언가의 개입으로 만들어진 것일지도 모릅니다. 연예인의 어마어마한 수입과 집, 차, 화려한 생활을 보여주며 궁핍한 삶의 고난은 존재하지 않는 것처럼 포장하는 프로그램들이 당신들을 데뷔만 하면 호화로운 삶을 살 수 있을 것처럼 꿈꾸게 했을 수도 있습니다. 무대를 향해 쏟아지는 환호와 갈채, 만인의 사랑을 받는 스타들의 모습이 당신들을 꿈꾸게 했을 수도 있습니다. 실제로 일부 연예인들은 가난했던 삶을 마치 성공을 바라는 이가 응당 겪어야 하는 과정처럼 무용담으로 이용하는 만행을 저지릅니다. 하지만 굶어 죽어간다면 꿈꾸는 삶이 대체 무슨 소용인가 싶습니다. 꿈을 꾸지 말라는 말은 아닙니다. 단지 그 꿈을 이루는 과정에서 스스로를 지킬 수 있는 방법을 고민해보라고 조언하고 싶습니다.

예전 연예계는 데뷔 준비 기간이 짧거나 거의 없다 보니 예비 연예인들을 '지망생'이라고 불렀는데, 이제는 지망생의 과정을 통과해 오디션에 합격해도 '연습생'이라는 이름을 붙이더군요. 영상 콘텐츠의 종류도 웹드라마부터 단편영화, 상업영화까지 워낙 다양해서 단역 경험이 있는 배우들이 많아졌고, 이제는 그들을 지망생이라고 부르기도 어려워졌습니다. 그럼 경력은 있는데 유명하지 않으니 '무명 배우'라고 불러야 하나 싶지만 그것도 참 웃기는 말 같아요. 이름이 있는데 무명 배우라니.

아무리 무한 경쟁의 시대고, 어느 분야에 종사하든 살아남는 일이 치열하다지만 연예계는 더 가혹하고 냉정한 것 같아요. 성공의 기준이 명확해서 그 기준에 조금이라도 못 미치면 '연습생' 혹은 '무명'이라며 정체성을 지워버리지요. 연습생은 무엇을 연습한다는 말일까요? 데뷔를 연습한다는 말인가요? 성공을 연습한다는 말인가요? 당신들은 매일 실전의 삶을 살고 있는데 선배들은 그 삶을 연습이라 명하며 맥이 풀리게 하지요. 폭언을 퍼붓고는 현실적인 조언이라고 포장하면서 남의 집 귀한 아들, 딸들의 자존감을 무너뜨리기도 합니다. '관리'라는 이름으로 숙소 서랍을 뒤져 소지품 검사를 하고, 연애 혹은 핸드폰 소유를 금지하는 등 사생활 침해와 인권 침해를 아무렇지 않게 자행합니다. 그러고는 "당신들이 꿈꾸는 동경의 대상들도 다 겪은 과정"이라고 말하며 자신들의 행위를 정당화합니다. 꿈을 이루기 위해서는 희생이 필요하다는 것이죠. 당신들은 그 논리에 설득당해 당신들이 희생하는 것들을 대수롭지 않게 생각합니다. 그 희생은 처음엔 핸드폰, 친구, 학업, 여가 시간 같은 작은 영역에서 시작할지 모르나 훗날엔 돈을 벌지 못해 궁핍한 생활에 던져지는 위험이 될 수 있고, 대중의 관심이 독이 되어 주변인을 위험에 처하게 만드는 일이 될 수도 있습니다. 또한 사소한 논란 하나가 걷잡을 수 없이 커져서 여러분이 버텨낼 힘을 잃으면 끝내 자신의 목숨까지 포기할지 모르는 큰 희생이 될 수도 있다는 사실을 기억하세요.

어디에나 빛과 그림자는 존재합니다. 미디어에는 '나'의 아주 단편적인 모습만 노출됩니다. 인간은 누구나 다양한 면을 지닌 입체적인 존재이나 미디어는 그 사람이 처한 상황의 복잡한 맥락을 무시하고 사람을 캐릭터로 만들어 매우 평면적으로 묘사해버리죠. 대중은 미디어에 묘사된 모습만 보고 연예인에게 편견을 가지며 이야깃거리로 쉽게 소비합니다. 누구는 평생을 모아도 만져보기 힘든 몇억이라는 돈을 CF나 출연료로 한 번에 얻는다고 하니 그보다 쉽게 돈을 버는 방법이 없는 것처럼 보일지도 모릅니다. 하지만 세상에 당신의 이름이 알려질수록 공인도 아닌 당신이 공인 취급을 당하며 민간인 사찰의 대상이 되고, 그 결과 당신이 이용하는 대중시설이나 집의 위치마저 세상에 노출됩니다. 당신은 혹시 모를 위험과 구설수를 피하기 위해 동네 마트에 갈 때조차 변장을 하고, 심지어 아주 사적인 공간인 공중목욕탕이나 상담 센터를 다니는 것까지 사람들의 입에 오르내릴까 두려워 기피하게 되죠. 당신이 그림자는 보지 못한 채 빛만 좇다가 꿈의 덫에 빠지는 사람이 되지 않기를 바랍니다.

저 또한 꿈의 덫에 빠져 허우적대던 때가 있었습니다. 저는 영화감독이 되고 싶었지만 영화감독은 토익 점수를 잘 받고, 대외활동을 통해 스펙을 쌓아 기업에 취직한다고 이룰 수 있는 꿈이 아니었습니다. 시험 점수를 올리는 것은 어떤 면에서는 쉽습니다. 덜 놀고, 덜 자고, 짧은 시간 집중해서 많은 문제를 풀다 보면 점수는 올라갈 것입니다. 열심히 노력하면 어느 정도 성취감을 맛볼 수 있습니다. 그런데 영화감독은 시험 문제를 푸는 것처럼 노력만 한다고 될 수 있는 것이 아니었습니다. 저는 영화감독을 꿈꾸는 동안 눈에 보이지 않고, 손에 잡히지 않는 것들과 싸워야 했습니다. 예술적인 감각은 노력한다고 주어지는 것이 아니었습니다. '무엇을 해야 내 꿈을 이룰 수 있는가'라는 고민에 한창 빠져 있을 무렵 한 전시를 보고 펑펑 울었습니다. 제임스 터렐이라는 설치미술가의 전시였는데, 그는 '빛'이라는 추상적인 소재를 현존하는 물질처럼 감각하도록 구현했습니다. 남의 재능이 부러우니 질투도 나고 눈물도 났습니다. 당신들도 비슷한 경험을 해보았을 겁니다. 예술은 그런 것 같습니다. 도대체 무엇을 해야 감각이란 게 생기는지 좀처럼 알 수가 없습니다.

저는 연예인들을 소위 '딴따라' 같은 말로 낮잡아 취급하지 않습니다. 저는 연예계 데뷔를 꿈꾸는 사람들과 일하며 그 산업의 구조에 관해 많은 고민을 해왔습니다. 저는 음악과 미술을 좋아하고 영화를 사랑합니다. 그 분야에 종사하는 이들을 예술가라 생각하지만, 음악, 영화, 방송 등의 매체는 산업적인 측면이 크다는 사실을 간과할 수 없습니다. 그래서 배우를 캐스팅하거나 시놉시스를 결정할 때 예술성보다 상품성이 크게 작용합니다. 1년에도 수많은 한국영화가 개봉합니다. 제가 영화사에서 프로필을 검토한 배우도 몇천 명이 넘습니다. 하지만 우리가 보는 영화 속 주·조연들의 얼굴은 한정되어 있습니다. 매번 비슷한 사람들이 다른 영화에 나와 배역을 바꿔가며 연기합니다. 영화 산업은 다른 문화 콘텐츠와 비교하면 제작에 투자되는 금액이 막대합니다. 그래서 영화는 흥행 실패에 따르는 위험부담이 가장 적어야 합니다. 제작사는 영화의 메시지, 혁신성, 독창성보다 오락성, 대중성, 상업성만을 고려해 가장 익숙한 방법으로 가장 많이 버는 법을 고민합니다. 그런 이유로 신인 배우는 캐스팅 기회를 얻기 힘듭니다. 특히나 신인 여배우는 거장 감독의 파격 캐스팅이 아닌 이상 주연 자리에 캐스팅되기 어렵습니다. 그마저도 노출 없이 데뷔해서 성공한 사례가 있던가요? 김고은 배우나 김태리 배우도 관객에게 새로운 얼굴이었으나 노출 부담을 안고 데뷔해야 했습니다.

당신들이 데뷔하기 어려운 이유는 당신들의 예술적 재능이나 스타성이 부족해서만은 아닐 것입니다. 산업의 한계일 수도 있다는 말입니다. 물론 만드는 사람만의 문제는 아닙니다. 비슷한 영화만 찾아보는 관객들에게도 분명 문제가 있다고 생각합니다. 산업은 이익 추구를 목적으로 합니다. 관객들이 다양한 영화의 가치를 알아봐준다면 자본은 그쪽으로 투자되기 마련입니다. 결국 만드는 사람과 보는 사람, 쌍방의 변화가 필요한 거죠.

저는 꿈을 가져본 사람으로서, 같은 업계에 몸담아본 사람으로서 당신의 꿈을 응원합니다. 그렇지만 꿈이라는 덫에 빠져 자신을 갉아먹는 삶을 살지 않길 바랍니다. 삶

보다 소중한 꿈은 없습니다. 당신의 인생보다 위에 둘 가
치는 세상에 존재하지 않습니다. 짧은 꿈이 아니기를, 악
몽이 아니기를, 오래 꾸는 꿈이기를 바랍니다.

누구보다 당신을 응원하는 팬이

라떼를 찾는 선배님들께

　　오디션 프로그램을 보면서 불편했던 이유는 제가 여전히 기성세대에게 선택을 받아야만 살아남을 수 있는 청년 세대이기 때문입니다. 산업의 결정권자들인 선배님들에게는 시장으로 막 뛰어든 우리가 한없이 부족하고 미숙해 보이겠지요. 선배님들은 이미 햇병아리 시절을 지나 봉황이 되었으니까요. 우리 역시 당신들의 봉황 같은 자태를 보며 선망하는 마음으로 꿈을 키워왔지만, 당신들의 처음을 한번 떠올려보세요. 당신들도 처음엔 서툴렀을 것입니다. 서툰 것이 당연합니다. 경력 같은 신입은 존재하지 않는다는 말이지요. 신입들은 선배들이 준비한 시험의 관문 앞에서 잘 몰라도 아는 척, 여유 있는 척해야 합니다. 그래야 뽑

아줄 테니까요. 내가 아는 한도에선 이게 최선인데 선배님들은 왜 더 보여주지 않냐고 합니다. 내가 본 세상의 전부는 여기까지인데 선배님들은 아직도 멀었다 말합니다. 어떤 회사나 왜 그리 경력 같은 신입을 찾는 것인지 도무지 이해할 수가 없습니다. 사회는 학교가 아니라고, 일일이 가르쳐줄 수 없다고, 알아서 크라고들 말하지만 태어나면서부터 완성된 인간이 있나요? 개도 훈련을 받아야 성숙한 반려견이 되는 것처럼 사람도 어엿한 직장인으로 성장하기 위해서는 배움의 기회가 필요합니다. 선배님들은 우리보다 곱절의 시간을 거치며 쌓은 연륜으로 원석을 키워내는 능력을 갖추신 분들 아닌가요? 키워내는 능력보다는 키워진 사람 고르기에만 열중인 것 같아 서운할 때가 많습니다.

　얼마 전 친구에게 연락이 왔습니다. 할 말은 하고 사는 저의 성격 때문인지, 친구들은 자주 저에게 너라면 이럴 때 어떻게 말하겠냐며 조언을 구합니다. 그치만 제가 하는 말은 저 같은 성격을 가져야 가능한 말이기 때문에 친구들은 대부분 저의 대답을 써먹지 못합니다. 억울하고 어이없지만 그냥 참고 지나간달까요?

포괄임금제로 일하는 친구는 직장에 야근 수당이 따로 없고 퇴근길 택시비만 지원받을 수 있다고 합니다. 하루는 친구가 밤 11시가 다 되어 퇴근을 하려는데, 차장님이 아직 막차가 있으니 지하철을 타고 가라고 했답니다. 친구가 사규 상 택시비 지원이 가능하다고 말하자 그 차장님은 '막차 전에 가는 게 무슨 야근이냐, 자기 돈 아니라고 회사돈 쓰는 걸 우습게 생각한다'라며 역정을 내셨다고 합니다. 그리고 라떼를 타기 시작하셨다죠. 우리 때는 야근 안 하는 날이 없었네, 한 달에 야근 몇 번이나 한다고 피곤한 기색이냐고, 택시비 지원 같은 건 꿈도 못 꿨는데 요즘 사람들은 돈 아까운 줄 모른다고, 그래서 집은 언제 사냐며, 가만 보면 돈을 너무 막 쓰는 것 같다느니… 야근하고 택시 한번 타려다가 집 장만 참견에 경제 관념까지 탈탈 털리는 경험을 아직도 하고 있답니다.

회의 때는 선배님들이 신입들의 의견을 한 번씩 묻지만 그대로 받아들이는 경우가 없습니다. 의견을 제시하면 "내가 이 사업을 몇 년 동안 해왔는데 그건 안 먹혀" "그걸 누가 보나? 너무 유치하지 않나?" 등의 부정적인 피드백을 덧붙이며 신입들의 의견을 무시하기 일쑤입니다. 신입들은 선배님들 말씀대로 경험이 없기 때문에 가능성이 있는 아이디어를 떠올릴지라도 성공 데이터를 근거로 싸울 수가 없습니다. 확신이 없으니까요. 그런데 그런 확신과 데이터는 선배님들이 만들어주셔야 하는 것 아닌가요?

저는 이 사회가 새로운 세대에게 좀 더 유연한 기회를 줄 수 있는 사회였으면 좋겠습니다. 1980년대 초반에서 2000년대 초반에 출생한 세대를 일컫는 이른바 밀레니얼 세대 중엔 조직에 흡수되기를 꺼리는 사람들이 많습니다. 조직의 일원이 되더라도 자기답게 살 수 있는 조직인지를 먼저 가늠해보기도 하죠. 선배들이 주는 기회를 기다리고 있지만도 않습니다. 자신이 기회를 만들고, 자신이 조직이 되고, 자신이 브랜드가 되기도 합니다. 그래서 요즘엔 롤모델보다는 레퍼런스를 찾는 시대입니다.

영화사를 관두고 시작한 책방에서 〈벌새〉를 연출한 김보라 감독님을 모시고 대화를 나누는 행사를 진행한 적이 있습니다. 〈벌새〉는 청룡영화상 각본상, 백상예술대상 감독상을 비롯하여 60여 개의 수상 타이틀을 석권한 영화계의 화제작입니다. 하지만 〈벌새〉가 개봉하기 전 제작사와 지도 교수님은 너무 많은 이야기가 담겨 있는 것 같다면서 비슷한 장면들을 꼽아 제외했으면 좋겠다고 피드백을 하셨답니다. 하지만 감독님은 그 장면들을 다 담아야 한다고 생각했고, 결국 자신의 선택이 옳았다는 것을 관객들을 통해 증명했다고 합니다. 이후 〈벌새〉가 좋은 성적을 거두자 지도 교수님이 '그때 미안했다'라고 사과를 전했다는 일화를 들으면서 저는 선배들의 조언이 꼭 성공을 보장하는 것은 아니라는 사실을 다시 한번 느꼈습니다.

〈벌새〉는 김보라 감독님의 첫 장편영화입니다. 직장으로 치면 신입사원의 첫 프로젝트나 마찬가지죠. 선배들은 자신들의 경험을 앞세워 후배들의 의견을 잘라냅니다. 그런 상황에서 후배들이 뚝심 있게 자신의 의견을 끌고 나가기란 쉽지 않습니다. 후배가 아직 시장에서 시도된 적 없는 신선한 아이디어를 내도 경험 없는 신입의 '치기' 수준으로 평가절하당하기 십상이니까요.

우리의 언어를 당신들이 규정하려 하지 않았으면 좋겠습니다. 우리의 언어는 우리가 만듭니다. 실은 규정당하고 싶지도 않고요. 자꾸 어떤 유형으로 우리를 묶으려 하는 것은 '1더하기 1은 2'와 같은 정답을 원하는 기성세대들의 편의를 위함이 아닐까 싶습니다. 하지만 지금 청년 세대는 좋은 대학을 나와도 취업이 안 되고, 돈을 아껴서 저금해도 재산이 늘지 않고, 숨만 쉬어도 월세가 월급의 30퍼센트로 나가는 시대를 살고 있습니다. 결과 값에 대한 변수가 너무 많아 정답이 나오지 않는 시대에 왜 여전히 청년들이 정답처럼 행동하길 바라시는 걸까요?

물론 약간의 변화는 일어나고 있습니다. 회사에서는 퇴근 후 개인의 삶을 중시하는 '워라밸 문화'가 자리를 잡아가고 있고 조직에서 개인의 개성이나 프라이버시를 존중하는 분위기가 조성되고 있으며 출판계에서 신인 작가로 이름을 알리는 나이가 갈수록 어려지고 있습니다. 젊은 영화감독들이 적잖이 데뷔하고 스스로를 콘텐츠로 만들어 성공하는 이들도 많아졌습니다. 하지만 그들이 사회의 주류가 되지 못하는 것이 현실입니다. 여전히 베스트셀러는 기성세대 작가가 쓰고, 작품성과 흥행성을 모두 잡은 영화는 기성세대 감독이 만들고, 어려운 상황 속에서도 막대한 이윤을 내는 기업은 중견기업과 대기업입니다. 그렇지만 모두가 주류가 될 수 없는 것 아닌가요? 저는 주류에 속하지 않으면 마치 실패자가 된 것처럼 사람을 몰아가는 사회가 무섭습니다. 저비용 고효율을 강조하고 생산성만을 중시하는 선배님들의 방식이 버겁습니다. 그 누구도 생산적인 일만 해낼 수는 없는 것 아닌가요? 삽질도 해보고, 맨땅에 헤딩도 해봐야 금싸라기 땅인지 아닌지 알 수 있지 않을까요? 애초에 비생산적 생명체인 인간에게 생산성만을 기대하는 것은 인간을 기계로 바라보는 시선이 아닐까요?

이제는 선배님들을 롤모델로 삼기엔 어려운 시대일지도 모릅니다. 저만 해도 저의 삶이 다른 누군가의 삶과 비슷하다고 규정할 수가 없거든요. 영화를 찍던 저는 정신을 차리니 책방 주인이 되어 있는데 가끔은 책보다 직접 만든 빵을 더 많이 파는 일상을 보내기도 하니까요. 이런 삶이 누구와 비슷하다고 말할 수 있을까요? 저는 저 스스로가 모델이 되기를 택했습니다. 그리고 모두가 각자의 삶대로 살아갈 수 있는, 다양한 문화와 다양한 생각이 존중받을 수 있는 사회가 되기를 꿈꿉니다. 기왕 하는 일이라면 즐겁기를 원하고, 의미 있는 일이기를 원하고, 지속성 있기를 원하고, 돈을 잘 벌기를 원합니다.

롤모델보다는 나 자신이 되길 원하는
요즘 것 올림

헐값에 팔아버린 나의 맥북에게

　맥북아, 안녕. 오랜 기간 정들었던 너를 헐값에 팔아버려서 미안해. 너를 사가는 아저씨는 그것도 많이 쳐준 거라며 나를 위로했지만, 출고 당시에만 해도 200만 원이 넘는 고가의 모델이었던 네가 이제는 웬만한 외장하드 값보다도 못하게 된 걸 보니 마음이 많이 아프더라. 네 값어치가 떨어진 건 다 내 잘못이야. 상판의 찍힌 자국과 스크래치로 10만 원이 깎이고, 하판의 나사 분실로 5만 원이 깎이고, 배터리 수명이 오래되어 교체해야 한다고 6만 원이 깎이고, 갖은 이유로 계속 깎이고 또 깎이더라.

　20대라는 꿈 많은 시절을 함께하면서 나는 너에게 많은 상처를 남겼지만, 너는 나에게 언제나 성장의 기회를

줬어. 정말 미안하고 고마워.

나는 아직도 너랑 처음 만난 날을 기억해. 영화과 학생이던 나는 '파이널컷프로(맥 운영체제에서만 사용할 수 있는 영상 편집 프로그램)'를 자주 사용해야 했지만, 맥북이 없었기 때문에 맥 프로그램이 설치된 학교 편집실에서 매일 밤을 새우곤 했지. 경제적 여유가 있는 동기들은 하나둘 맥북을 샀고, 경제적 여유는 없지만 방학에 시간이 남는 남자 동기들은 막노동해서 번 돈으로 맥북프로를 사서 들고 다녔지. 노트북에 시동이 걸릴 때 울려 퍼지는 '띵~' 하는 소리와 반짝이는 사과 불빛이 그렇게 눈부시더라. 그 모습이 부러웠던 나는 때마침 영상 편집 아르바이트를 제안받았고, 아르바이트를 핑계 삼아 '벌어서 갚으면 되지'라는 마음으로 12개월 할부를 끊어 너를 품에 안게 되었지.

택배로 오는 너를 직접 받지 못하면 누군가 훔쳐 갈지도 모른다는 불안감에 배송지를 학교 주소로 등록하고 네가 오기만을 목 빠지게 기다렸어. 배송 요청 사항에 '중요한 물건이니 꼭 주인에게 전해주세요! 전화해주세요! 아무 때나 나갈 수 있습니다! 꼭! 부탁드려요'라고 써놓고, 혹시 전화를 놓치면 택배 아저씨가 너를 아무에게나 맡길까 봐 수업 시간 내내 핸드폰을 손에 쥐고 기다렸지. 다행히 너는 수업이 끝난 후 도착했고, 나는 네가 담긴 하얀 상자를 들고 빈 강의실에 홀로 앉아 마치 의식을 치르듯 조심스럽게 너를 꺼냈지. 사용자 설정에 내 이름을 새기고 비밀번호를 설정하던 그 짜릿한 순간, 손끝의 떨림이 아직도 생생해. 스물셋이라는 어린 나이에 내 돈으로 처음 산 고가의 노트북이었으니까. 그런데 서른의 문턱을 넘은 지금도 너보다 비싼 물건을 사본 적이 없어. 너는 지금까지도 내 최고의 보물이야. 물론, 꼭 네가 비싸서만은 아니야. 영화감독을 꿈꾸던 나에게 너는 그 꿈을 이룬 것처럼 느끼게 해주는 도구였으니까. 나는 너의 도움을 받아 시나리오 열 편을 썼고, 지금 보면 너무 미흡해서 눈 뜨고 못 봐줄 내 단편영화들을 편집했고, 틈틈이 영상 편집 아르바이트를 하면서 학비를 벌었지. 네 덕분에 나는 계속 꿈을 꿀 수 있었고 꾸준히 생계를 유지할 수 있었어.

학교를 졸업하고 들어간 영화사에서는 노트북을 제공했기 때문에 너를 쓸 일이 차츰 사라졌지. '파이널컷프로' 대신 엑셀을 주로 다루게 된 나는 맥보다 윈도우가 편해져서 윈도우가 설치된 노트북을 자주 쓰게 되었고 아주 가끔

외주 편집 아르바이트를 할 때나 너를 꺼냈지. 그렇게 너를 방치하다 보니 어느덧 너는 많이 늙어 있더라. 네 몸에 난 스크래치 하나하나가 내가 너를 통해 무언가를 얻으려 할 때 생겨난 것들인데, 누군가는 그걸 네 값어치를 떨어뜨리는 흠으로 평가하게 되었지.

늙어버린 너를 팔기 위해 네 안에 있던 자료를 백업하다가 예전에 내가 쓴 글과 촬영한 작품들을 오랜만에 열어보았어. 그리고 그때 함께한 사람들, 함께했던 공간들, 함께했던 시간을 떠올렸어. 겉모습은 많이 상했어도 네 안에 담긴 것들은 지난 세월을 고스란히 간직하고 있더라. 그에 비해 나는 예전의 내가 상상도 못 했던 모습을 하고 있지.

너를 처음 만났을 때의 나는 영화를 만든다는 사실에 가슴이 벅찼고, 하고 싶은 이야기가 너무 많아 매일같이 시나리오를 썼어. 세상의 불합리한 것은 무엇이든 비판해야 했으며 메모장엔 항상 시나리오 아이템이 넘쳐났지. 열정적이었고 투쟁적이었어. 돈은 좀 못 벌어도 계속 시나리오를 써서 영화를 만들고 싶었어. 극적인 반전과 화려한 액션으로 관객들에게 눈요깃거리를 제공해 흥행에 성공하는 상업영화가 아니더라도 꿋꿋이 제 할 말을 하는 영화를 만들고 싶었지. 스물세 살의 나는 내가 좋아하는 것에 집중하고 나의 열정이 쏟아지는 곳을 향하고 싶었어. 주변 사람들이 무시하든 비난하든 묵묵히 나의 길을 걸어가는 사람이 되고 싶었어. 그런데 내가 목소리를 내면 사람들이 나를 냉소했어. 안타까워했어. 걱정한다는 핑계를 앞세워 비아냥거리고 조롱했지. 그게 돈이 되냐고, 그걸 하면 성공할 수 있냐고 끊임없이 내 꿈을 의심했어. 나는 그냥 내가 하고 싶은 일을 하려던 것뿐인데 세상은 결과에만 관심이 있고 모든 과정을 돈으로 환산하려 했어. 꿈이 언제부터 돈과 같은 말이 되었을까. 왜 모든 일이 돈이 되어야만 할까.

스물세 살의 나는 돈만 좇는 이들을 비난했는데, 세월이 흐른 지금 내 모습이 그들과 다를 게 없더라. 참 많이 부끄러웠어. 네가 시간의 흐름에 휩쓸리면서 다치고 낡아버린 것처럼 나 또한 숱한 상처를 견디지 못하고 변해버렸어. 내가 꿈꾸던 이상은 언제나 멀었고, 내 앞의 생활은 지나치게 가깝더라. 임금도 제대로 못 받는 주제에 돈 같은 건 중요하지 않다고 애써 합리화하면서 영화사 사무실에 출근했어. 점심 사 먹을 돈이 없어서 남자친구가 보내주는 기프티콘으로 빵을 사 먹으며 점심을 때웠어. 회사의 부당한 노동 착취를 고발하고 싶었지만 나는 아무것도 하지 못했어. 그저 영화가 잘되면 다 고생한 스태프들 덕분이라는 대표의 달콤한 말에 속아 다시 열심히 일할 뿐이었지. 석 달이 되도록 월급을 받지 못해 결국 회사를 뛰쳐나왔는데, 그때 나는 생각했어. 내 생활에 위협이 된다면 그 어떤 것도 의미가 없다고.

그때부터였는지 몰라, 의미 있는 일을 좇기보다 먹고 사는 문제를 더 챙기기 시작한 것이. 그러다 보니 내 모습 또한 내가 비난하던 이들과 다를 바가 없어졌는지도 몰라. 나는 언제나 꿈과 현실의 경계선에서 줄타기를 해. 너 역시 원래의 빛나던 모습은 사라지고 내 통장에 18만 원이라는 초라한 숫자로 남았어. 그 숫자는 아마 핸드폰 요금, 교통비, 커피값 등으로 순식간에 사라지겠지만 너와 함께한 시간 동안 품었던 꿈, 시간, 사람들은 오래오래 간직할게. 그렇게 너를 기억할게. 그리고 그때의 나를 기억할게.

소중한 시간을 지켜줘서 고마워.

부족했던 너의 주인이

너를 처음 품에 안던 날이 아직도 생생해.

우리 시나리오도
10편이나 함께 썼잖아...

단편영화도 같이 편집하고 나중엔
네가 내 아르바이트도 도와줬지.

고마워, 정말...
나는 너와 함께 꿈을 꿀 수 있었어.

우리의 추억...우정... 사랑...잊지 않을게.

상판 찍힘, 스크래치.
나사 분실, 배터리 교체 필요.
18만 원 쳐드릴게요.

넵.

친구, 아니 친구가
되어가는 중인 H에게

H야. 나는 얼마 전에 인스타그램을 지웠어.
그러니까 이제 나는 태그 안 해도 돼.

어느 순간 내가 매일 옷을 사고 있는 거야. 사도 사도 또
사고 싶은 옷이 생기더라고. 눈에 띄는 모든 옷이 다 예뻐
보였어. 근데 그게 다 내가 팔로우하는 의류 쇼핑몰 모델
언니들 때문이더라. 화려한 용모를 지닌 언니들이 매일 신
상품을 입고 세련된 공간에서 사진을 찍어 올리니까 쇼핑
욕구가 끊이질 않더라고. 그 사람들이 가는 곳은 다 가보
고 싶고, 그 사람들이 먹는 것은 다 먹어보고 싶었어. 그래
서 이대로는 안 되겠다 싶어서 앱을 지웠어.

그런데 얼마 전에 보니 너도 그러고 있더라. 너는 모든 정보를 인스타에서 찾고, 친구들과 오랜만에 만나 이야기를 나누는 자리에서도 인스타그램에 사진만 올리고… 심지어 인스타그램에서 유명한 아기 사진을 계속 나에게 보여주면서 귀엽지 않느냐고, 너무 예쁘다며 "너는 아기 안 가져? 너도 빨리 아기 낳아"라고 말했지. 그때 마침 옆 테이블에 앉아 있던 아이가 엄마에게 떼를 쓰면서 울자 네가 인상을 팍 구기면서 "아, 빨리 좀 달래서 나갔으면 좋겠네"라고 하더라.

정말 깜짝 놀랐어. 분명 1분 전까지만 해도 SNS의 네모난 화면 속 아이에게 너무 귀엽고 예쁘다며 찬사를 보내던 네가 현실 속 아이가 울자 정색하고 짜증을 내다니. 그러고는 나보고 빨리 애를 낳으라니, 너도 참….

너는 결혼도 안 했고 아이도 없어서 모든 게 쉬워 보일지 모르겠지만 가정을 꾸리고 아이를 낳는다는 건 결코 인스타그램 스타들이 보여주듯 화려하고 행복하기만 한 게 아니야. 누구나 타인의 삶에서 좋은 부분만 보기 마련이지. 친구인 우리도 만나면 되도록 밝은 이야기만 하려고 애쓰는걸. 우리 서로 무거운 화제는 잘 꺼내지 않잖아.

좋아하는 것과 책임지는 것은 많이 달라. 나는 책임지는 게 두려워서 '얼마나 좋아하는가'보다 '무엇을 책임져야 하는가'를 먼저 따져보고 결정하는 편이야. 네가 랜선이 모인 것처럼 나도 오랫동안 랜선집사였거든. 하지만 나는 내 몸 하나도 돌보기가 힘들어서 동물을 키우자고 결심하기까지 오랜 세월이 걸렸어. 내 마음조차 제대로 다스리질 못해 매일 스스로를 단련하기 바빴거든.

너랑 나, 이렇게나 다른데도 친구가 되었다는 사실이 신기해. 그런데 꼭 취미나 가치관이 같아야만 친구가 될 수 있는 건 아니더라. 알 수 없는 매력에 끌려 친구가 되기도 하고 특별한 사건을 함께하다 그 사건을 계기로 친구가 되기도 하니까.

너는 자주 나에게 동의와 공감을 원하지만 나는 네 이야기에 동의하거나 공감하기 어려울 때가 있어. 그렇다고 해서 너를 싫어하는 건 아니야. 그저 우리가 조금 다를 뿐이니 상처받지 말고 이해해줬으면 좋겠어. 어떤 사람들은 마음이 맞는 사람과 지내기에도 시간이 부족하니 맞지 않는 관계는 끊어내라고 하지만 나는 다르게 생각해. 나는 좀 달라도, 이해할 수 없어도 친구가 될 수 있다고 믿어. 나도 예전에는 마음 맞는 사람만 주변에 남겨두려 했는데 나이가 들수록 점점 한번 관계를 맺으면 되도록 오래 유지하려고 애쓰게 되더라. 떠나는 사람이 아쉬워서라기보다는 계속해서 대화하다 보면 언젠가 그 사람을 이해하는 날이 오더라고. 나는 그냥 우리의 다름을 받아들이고 너를 있는 그대로 바라보기 위해 노력할 거야.

우리는 이미 친구지만, 사실은 여전히 친구가 되어가는 중인가 봐.

너를 이해할 수 없어도
친구이고 싶은 또 하나의 친구가

애프터 신청을 받지 못해
속상한 그녀에게

10년이 넘는 시간 동안 우리는 참 많은 말을 주고받았지. 하지만 너에게 편지를 쓰는 건 정말 오랜만인 것 같아. 마지막으로 너를 만났던 날 미처 하지 못한 말이 계속 마음에 걸렸거든.

"너는 지금 그대로도 괜찮아!"

사실 이 말 한마디만 해주면 되는 거였는데… 아무리 위로해도 기운을 차리지 못하는 너에게 괜히 화가 나서 나도 모르게 가시 돋친 말들을 내뱉어버렸어. 소개팅 상대에게 애프터 신청을 받지 못했다고 "난 매력이 없나 보다" "그 남자가 자기 얘기만 계속하던데, 내가 말재주가 없어서 지루했던 거겠지?" "강남에서 산다는 첫마디에 왠지 쫄

아서 내 이야기를 하기가 두렵더라고" "하긴 삼성 다니는
애가 날 만나겠어?"라며 스스로를 비하하고 푸념하는 네
모습에 화가 났어.

　　내가 보기엔, 아니 세상 사람 누가 보더라도 너는 충분
히 가치 있는 사람이야. 근데 너만 그 사실을 모르는 것 같더
라. 사람들이 항상 너에게 착하다고 말한다고 했지. 그럴
만해. 너는 언제나 너보다 남을 먼저 생각하고 배려하잖아.
하지만 나는 그런 네가 답답하다며 자주 화를 냈지.
　　한번은 네가 "저녁 뭐 먹을래?"라고 묻길래 나는 그냥
생각나는 대로 "짬뽕 먹자!"라고 대답했지. 네가 그날 점심
에도 매운 짬뽕을 먹고 왔다는 사실을 나는 소화제를 사 먹
는 네 모습을 보고서야 알았어. 나는 속상한 마음에 '점심
에도 먹었다고 사실대로 말하면 되지 왜 말하지 않았냐, 사람
이 가끔 거절도 하고 확실하게 의사를 표현해야 한다' 하
며 나무라듯 너를 다그쳤지. 네가 걱정돼서 한 말이었는데
질책하는 모양새가 되어버려서 마음이 불편했어. 나는 항
상 모진 말을 위로라고 포장하면서 널 몰아붙이고 책망하
기만 하는 것 같아. 가까운 사이일수록 조심해야 하는데
말이야.

너에게 그렇게 큰소리를 치면서도 나는 남자친구에게 차이면 제일 먼저 너에게 전화했고, 회사에서 깨지면 퇴근길에 맥주 한잔 마시자며 너를 불러놓고 상사 욕을 백만 마디 내뱉었지.

네가 나에게 얼마나 중요한 존재인지 너는 알까.

네가 얼마나 따뜻하고 사려 깊은 사람인지 너는 알까.

그런데도 너는 모든 문제의 원인을 너에게 돌리지.

내가 보기에 너는 충분한데도 아직 멀었다고 말하고, 더 공부해야 한다고 말하고, 더 살을 빼야 한다고 말하고, 더 좋은 피부과에 다녀야 한다고 말하고, 넘을 수 없는 한계란 존재하지 않는 사람처럼 새로운 목표를 만들어 올라가려고 하고, 모든 사람에게 사랑받으려고 안간힘을 쓰더라. 너를 사랑해주는 남자가 없는 이유도, 너희 엄마가 너에게 빈정거리면서 잔소리를 하는 이유도 다 네가 무언가 가지지 못해서고 무언가 해내지 못해서라고 자책하더라.

성질 급하고 부당한 일을 좀처럼 참지 못하는 나는 직장에서도 할 말 다 하면서 사느라 주변 사람들을 불편하게 만들지만, 너는 언제나 동료들의 마음을 얻으며 조용히 네 자리를 지켜왔잖아. 다른 사람들이 한 달도 못 채우고 도망간 자리를 너는 힘들다고 말하면서도 3년이 넘는 시간

동안 지켜냈잖아. 단기 알바로 들어간 직장에서도 신임을 얻고 인정받아서 네가 그만둘 때가 되자 관리자가 없던 자리까지 만들어가면서 너를 잡으려고 난리였잖아.

너의 전 남자친구도 진짜 괜찮았잖아. 그 애는 연하인데다 듬직하고 자상하기까지 해서 네가 회식할 때면 근처 카페에서 기다리다가 너를 집까지 데려다주곤 했지.

네 주변에 그렇게 좋은 사람들이 많고 너를 인정해주는 사람들이 넘쳐나는데 뭐가 그렇게 두렵니? 넌 아주 소중하고 사랑스러운 사람이야. 나는 네가 너의 생각에, 너 자신에게 확신을 가졌으면 해. 이전 연애가 실패한 이유는 네게 문제가 있어서가 아니라 그냥 인연이 아니었기 때문이고, 회사를 그만둘 수밖에 없었던 이유는 네가 나약해서가 아니라 네가 있던 그 회사가 정말 불합리한 곳이었기 때문이야. 모든 게 네 탓이 아니야. 그러니 지금의 너 자신을 사랑했으면 해. 용서했으면 해. 너는 그대로도 괜찮아.

그리고 그 소개팅남과는 잘 안되어서 다행이지. 나이가 서른이 넘었는데도 소개팅 나와서 수능 점수 자랑하는 놈한테 네가 뭐가 아쉬워서! 다시는 그 주선자한테 소개받지 마! 네가 말수가 좀 적다고 자기 얘기만(그것도 10년도 더 된 고등학교 때 에피소드만) 떠들다 가는 놈이 이상한 거지. 좀 더 배려심 많고 능숙한 사람이었다면 자기가 받은 30점짜리 수학 점수 얘기를 꺼내고 학창시절 네가 싫어하던 과목이 뭐였는지 물으며 공감대를 만들었을 거야. 그러니 너무 네 탓하지 마.

전에 내가 〈효리네 민박〉을 보고 효리 언니가 한 말이 너무 좋다고 했잖아. 좋은 사람이 나타났을 때 알아보려면 나도 그만큼 좋은 사람이 되어야 한다는 말. 우리는 그 장면을 두고 "그동안 만난 남자들이 정말 별로였을까? 아니면 그들은 괜찮은 사람들이었는데 내가 그만한 사람이 되지 못해 알아보지 못한 걸까? 사실 내가 별로였던 건 아닐까?"라고 고민하면서 한참 수다를 떨었지. 하지만 반대로 생각해보면 그 소개팅남이야말로 너같이 괜찮은 애를 알아보지 못하는, 깜냥이 안 되는 사람이었던 거야. 결코 네가 좋은 사람이 아니어서가 아니라고! 그리고 너는 가만 보면 사람에게 거절당할 때마다 크게 좌절하더라. 냉정하게 들릴지 모르겠지만 모든 이가 널 사랑할 순 없어. 너도 알고 있겠지만 나는 나를 미워하는 사람이 있어도 그냥 나 좋다는 사람들만 만나며 살고 있잖아. '만인의 연인'보다는 '누군가의 한 사람'이 되는 게 훨씬 행복하다고 봐. 너도 네가 만나는 모든 사람을 좋아하지는 않잖아. 세상 사람 누구나 그런 거지.

아! 내가 또 내 생각을 강요했지? 너는 너고 나는 나인데. 난 꼭 위로하다 보면 내 생각을 강요하고 있더라. 고쳐야 하는데 잘 안되네. 그래도 네 앞에서는 항상 천 마디 말을 하고 싶은 걸 꾹 참고 열 마디만 하고 있어(우리 지난 10년간 이런 일로 매일 싸웠잖아). 근데 내 맘 알지?

그냥 네가 널 좋아하지 않는 누군가 때문에 상처받고 '내가 사랑받을 만한 사람이 아닌가' 하며 자기 비하하고 속상해하는 게 싫어서 그래.

말이 길어지면 또 실수하겠지? 너에게 전하고 싶은 내 진심은 이 한마디야.

"너는 지금도 충분히 괜찮은 사람이야"

이기적이지만
누구보다 너를 아끼는 친구가

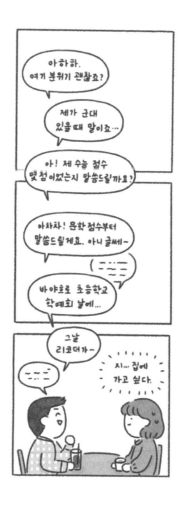

용기를 낸 그녀들에게

어제는 많이 화가 났고, 오늘은 많이 슬픕니다.

용기 내어 어렵게 말을 꺼낸 당신들을 응원합니다. 제가 할 수 있는 일이 고작 응원뿐이라서 스스로에게 화가 납니다. 그리고 이런 세상에서 살아가야 하는 여자임이 슬픕니다. 삼십 년간 대한민국에 살면서 수많은 변태를 만나봤지만 여자임이 억울하고, 원망스러웠던 적은 없었습니다. 저는 지난날 겪은 그 괴로운 사건들이 단지 운이 없어서 생긴 일이라고 생각했습니다. 일진이 안 좋았을 뿐이라고 여겨왔습니다. 우연히 맞닥뜨린 사고일 뿐이라고 생각했습니다. 하지만 지금은 조금 더 의심하지 못한 지난날을 후회합니다. 왜 진작 이런 일에 적극적으로 문제를 제기하지 못했는지 무지한 저 자신이 원망스럽습니다.

저 또한 당신들과 비슷한 일을 겪은 적이 있습니다. 스물한 살 때 취업포털 사이트를 통해 사진 촬영 아르바이트에 지원했습니다. 고용인이 요구하는 사진을 아르바이트생이 촬영해서 가져다주는 일이었습니다. 면접 과제로 고용인은 저에게 크로키 스케치에 쓸 인물 사진을 요청했고, 저는 사람들이 역동적으로 움직이는 사진을 준비했습니다.

면접 당일, 그는 사무실 업무가 끝나야 저를 만날 수 있다며 저녁 8시에 자신의 사무실로 방문하라고 말했습니다. 제가 살던 동네에서 그리 멀지 않은 곳에 새로 지어진 높고 넓은 오피스텔 형태의 사무실이었습니다. 건물 앞에서 왠지 모르게 불안한 마음이 들었던 저는 친구에게 연락해서 '지금 면접을 보러 가는데 건물 분위기가 이상해서 그러니 10분 뒤에 전화를 걸어달라'라고 부탁했습니다. 그렇게 저는 긴장된 마음으로 그 사람의 사무실로 들어갔습니다.

직원들이 다 퇴근을 했는지 넓은 사무실에는 아무도 없었고, 대표실이라고 쓰여 있는 곳에 저를 고용한 사람이 앉아 있었습니다. 그가 음료를 권했지만 거절했고, 저는 바로 본론으로 들어가고자 제가 가져온 샘플 사진을 보여주었습니다. 그 사람은 차분한 표정으로 사진을 보더니 "저는 좀 특별한 크로키를 그리는데 제가 그린 그림을 한번 봐주실 수 있나요?"라며 스케치북 하나를 건넸습니다. 그 스케치북에는 남자 성기 크로키가 담겨 있었습니다. 구인 공고에 누드 크로키라는 이야기는 단 한 글자도 쓰여 있지 않았습니다. 스케치북을 들고 어떻게 반응해야 할지 몰라 식은땀이 났지만, 저는 겉으로는 태연한 척 페이지를 넘겼습니다. 스케치북의 모든 페이지마다 다른 종류의 그림 한 장 없이 남자 성기만이 다양한 각도로 그려져 있었습니다. 그 사람 말에 따르면 모두 자신의 성기라고 했습니다. 혼자 자신의 성기를 찍기가 너무 힘들어서 그러니 저보고 대신 찍어달라는 것이었습니다.

저는 그의 작업을 정말 순수한 예술 작품으로 받아들여야 할지, 성희롱으로 받아들여야 할지 판단할 수가 없었습니다. 사진 촬영 아르바이트라고만 생각하고 갔기 때문에 무방비 상태였고, 그 사람을 범죄자라고 단정 짓기엔 면접 장소가 그동안 TV나 영화에서 봐왔던 어둡고 으슥한

범죄현장이 아니라 너무나 깔끔하게 정돈된 사무실이었기 때문입니다.

오늘 테스트할 겸 한 컷 찍어보는 건 어떻겠냐며 그가 자리에서 일어난 순간 저의 핸드폰이 울렸습니다. 저는 핸드폰이 울리자마자 전화를 받으며 자리에서 일어났습니다. 그렇게 그곳을 빠져나왔습니다.

그날 저에게 다른 일은 일어나지 않았지만 지금 생각해보면 정말 큰일을 당했을지도 모르는 위험한 상황이었습니다. 아니, 어쩌면 정말 한 남자의 순수한 예술혼이 불러일으킨 해프닝이었을지도 모르고요. 어떤 사람들 말대로 별다른 일은 안 일어났으니 저 혼자 유난을 떤 것일지도 모르지요.

용기 있게 피해를 고발한 당신들에게 누군가는 "왜 가만히 당하고만 있었느냐" "멀쩡히 살아왔으면서 왜 이제 와서 소란이냐"라며 비난하지요. 저 또한 더 심각한 일이 일어나지 않았으니 내가 괜한 오해를 한 걸지도 모른다고 생각하며 그 일을 잊고 살았습니다. 제가 그동안 대중교통에서 당했던 수많은 성추행에 비하면 그 사건은 가벼운 에피소드 정도라고 생각했으니까요. 하지만 당신들의 용기 있는 고백을 보고 저의 묵혀둔 기억이 떠올랐습니다. 그런 일을 별일 아니라고 치부한 저의 안일함이 너무나도 부끄러웠습니다. 정말 그 일은 가벼운 에피소드였을까요? 더 무서운 사건이 일어나지 않았으니 그저 제가 예민하게 군 것일까요?

우리는 무지한 세상에서 무지하기를 강요받으며 살아왔던 것 같아요. 이제 무지함에서 벗어나 알고자 하고, 알리고자 하는데 세상은 지나치다며 꾸짖고, 불편하다며 비난하네요.

저는 용기 있는 당신들의 고백 덕분에 무지에서 벗어나 폭력에 좀 더 민감해지고 더 나은 공동체의 모습을 고민하게 되었습니다. 감사합니다. 그리고 응원하겠습니다. 아니, 함께하겠습니다. 응원한다는 격려의 말을 전하는 것이 그저 강 건너 불구경하는 구경꾼으로 남는 일 같아 죄스러운 마음입니다. 당신들과 함께 연대하겠습니다.

무지에서 앎의 삶으로
한 걸음 건너온 연대자 올림

기자님들.

'매춘부' '창녀' '직업여성' '윤락녀'
그들을 부르는 단어는 다양하게도 존재하는데
그 성을 사는 사람들을 지칭하는 단어는
참 없네요?

세상에,
차장님이 여행을 다녀오셨다?!

자기들 줄 선물이 있다고 하시길래 내심
조금은 기대했는데, 아마도 본인 향수를 사면서
샘플로 받은 것 같은 미니 향수와
조잡하게 생긴 샤워 볼을 나눠주셨어.

그나마 나는 다행이야.
여행용 세안 세트를 받았으니.

편지가 긴 것만 있으란 법은 없으니까
욱해서 쓴 쪽지 2

CHAPTER 2

그래도
먹고는 살아야 하니까

차비를 빌려 가신 선생님께

선생님, 저를 기억하실지 모르겠습니다.

저는 작년 이맘때 선생님께 차비를 빌려드린 책방 사장입니다.

서울시 관악구에 자리한 작은 동네의 상가 건물 2층에서 서점 일을 시작한 저는 1년 후 1층까지 가게를 확장하게 되었습니다. 그런데 1층에서 장사하는 것은 2층에서 장사하는 것과는 많이 다르더군요. 새로운 손님이 책방에 유입되었지만 그만큼 구경만 하다 나가는 손님들도 늘었고, 사이비종교의 신문을 매일 넣어주는 사람, 일수 메모지를 내미는 사람, 화장실을 찾는 사람, 핸드폰 충전기만 잠시 빌려달라는 사람 등 2층에서는 상대할 일이 없었던 사람들이 하루에도 수없이 1층에 드나들었습니다. 이 것이 진정한 사랑방인가 싶어 새로운 환경에 적응하려고 애를 쓰던 때 선생님을 만났습니다.

사실 가장 마음이 불편한 사랑방 손님은 터무니없는 가격으로 껌 한 통을 사달라거나 밥 먹을 돈이 없으니 몇 푼만이라도 달라는 할아버지, 할머니, 아줌마, 아저씨입니다. 그들의 부탁을 냉정하게 거절하는 것은 아무리 해봐도 어렵더라고요. 제가 가게 손님일 적에는 현금이 있으면 종종 그런 분들의 물건을 사거나 돈을 드리기도 했는데, 가게 주인이 되니 '혹시 오늘 줬다고 내일 또 오면 어쩌지' 싶어 도움을 드리기가 영 두렵고 꺼려졌습니다.

그날도 평소처럼 불편한 마음으로 여러 방문객을 거절한 날이었는데, 방심한 사이 선생님이 오셨습니다. 선생님은 정말 세상 순하게 생긴 용모로 다급하게 책방에 들어오시더니 전화 한 통만 쓰면 안 되겠냐고 하셨습니다. 저는 혹여나 핸드폰을 이용한 신종 사기일까 두려워 경계를 늦추지 않고 가게 무선 전화를 내어드렸습니다. 그런데 선생님이 전화를 걸면서 몸을 휘청이시길래 저는 걱정이 되어 선생님께 물 한잔을 건네며 무슨 일이냐고 물었습니다. 선생님은 대답 대신 연결이 되지 않는 전화에 몇 번이고 재다이얼 버튼을 누르시면서 큰일이라며, 어쩌면 좋냐며, 주여, 아버지, 아이고를 연발하셨습니다.

저는 선생님과 적당한 거리를 둔 채 약간의 경계와 약간의 걱정을 담아 무슨 일인지 다시 한번 여쭈었습니다. 선생님께서는 그제야 전화기를 내려놓고 자초지종을 설명하셨습니다. 자신은 지금 강릉에 사는데 조만간 이 가게 근처로 이사할 계획이라 오늘 집을 보러 서울로 올라왔다고, 그런데 시내버스에 핸드폰과 지갑을 다 두고 내렸다고, 기차를 타고 강릉으로 돌아가야 하는데 아내가 수요예배를 가는 바람에 연락이 안 되는 것 같다고, 달리 도움을 청할 사람도 없어 어떻게 돌아가야 할지 막막하다며 선생님께서는 발을 동동 구르셨습니다. 핸드폰과 지갑을 찾기 위해 버스 차고지까지 찾아갔지만 불친절한 기사에게 쫓겨나 지금 너무 무섭다며 눈물이 그렁그렁한 얼굴로 저에게 하소연을 하셨죠. 그러고는 어딘가로 전화를 또 한참 하시기에 저는 그만 마음을 놓아버렸습니다. 끝까지 놓지 않으려 했던 경계심이 선생님의 눈물에 무장 해제 당해버린 겁니다.

선생님은 사연을 길게 풀어놓은 끝에 청량리 역에 가야 한다며 저에게 차비를 빌려달라 하셨고, 꼭 갚을 테니 계좌번호도 적어달라 하셨지만 저는 이사 오면 돌려주시라며 3만 원을 선생님 손에 쥐여드렸습니다. 돈을 받은 선생님은 요즘엔 사람들이 핸드폰도 안 빌려주는데 정말 고맙다고, 다음 주에 이사 오면 꼭 아내랑 다시 오겠다며 폴디 인사를 얼 빈은 하시고는 천천히 가게 문밖으로 나가셨습니다. 문밖으로 나서자마자 빠르게 뛰어가시는 선생님의 뒷모습을 보면서 저는 정신이 돌아왔습니다.

저는 당한 것이었습니다.

사슴 같은 눈으로 절 똑바로 바라보던 선생님을 떠올리자 분노와 배신감이 말려들었습니다. 고작 3만 원을 얻기 위해 무려 20분 동안 눈물 연기를 하시다니… 그렇게 완벽한 연기와 스토리텔링을 해내시다니….

이 소식을 전해 들은 친구들과 가족들은 바보 아니냐며 저를 놀려댔지만, 저는 일주일 동안 선생님을 기다렸습니다. 하지만 1년이 지난 지금까지도 선생님은 모습을 보이지 않으시네요. 이럴 줄 알았으면 그냥 낮에 방문하신 할머니 화장지나 팔아드릴 걸 그랬습니다.

선생님 덕에 3만 원 주고 큰 인생 경험 하나를 얻어갑니다. 누구를 속이려거든 완벽한 이미지와 리얼한 스토리텔링이 필요한가 봐요. 선생님이 하도 멀끔하게 생기셔서 금방 긴장을 풀고 말았는데요, 선생님 덕에 다시는 인상으로 사람을 판단하지 않게 되었네요. 겉모습에 속아 넘어간 저 자신을 탓해야죠.

그런데요. 선생님, 저 아직 그 자리에서 기다립니다.
선생님 돌아오세요. 아내분이랑 같이 오세요. 제발.

이제는 잡상인도 오지 않는 코로나 시대에
여전히 같은 자리에서 기다리는 사장 올림

사회 복지사님께

안녕하세요, 복지사님. 이제는 너무 오래된 기억이라 복지사님 얼굴도 잘 떠오르지 않네요. 그런데도 제가 이렇게 복지사님께 편지를 쓰는 이유는 얼마 전 친구와 대화를 나누다가 복지사님과의 일화가 떠올랐기 때문입니다. 그날 대화의 주제는 '기본소득제도를 인정할 수 있는가'였습니다. 저는 당연히 인정해야 한다고 말하며, 모두가 지금보다 더 안정적인 삶을 살아야 한다고 강조했습니다. 그리고 제가 처음 이런 생각을 가지게 된 계기를 설명하다 복지사님의 이야기를 꺼내게 되었습니다.

저는 세 살 때 사고로 부모님을 잃고 조부모님 손에

서 자랐습니다. 할머니는 저의 법정후견인이었고, 저는 법률상 '기초생활수급자'에 속했습니다. 미성년자 때까지 저는 생계, 의료, 주거, 교육 등의 국가 지원금을 받으면서 자랐습니다. 사실 어렸기 때문에 지원금 제도에 관해 잘 몰랐는데, 제가 성인이 되면 저희 가정에 지급되던 모든 종류의 지원금이 종료된다는 사실을 뒤늦게 알게 되었습니다. 하지만 제가 대학생이라는 신분을 유지하면 동생은 교육급여를 계속 지원받을 수 있었고, 그래서 저는 마지막 지원금을 받을 무렵 동사무소에 방문하여 복지사님을 만났습니다. 그 자리는 미성년자인 동생의 교육급여 지급 여부를 놓고 제가 돈을 벌 수 있는 여건이 되는지 심사하는 자리였습니다.

그 당시 저는 학점은행제 학교를 다니고 있었습니다. 졸업하면 정식 학위는 받을 수 있으나 정규 대학은 아니었지요. 그때는 하루빨리 방송국에 취직해서 할머니와 동생을 부양하겠다는 일념으로 열심히 살던 때고, 마침 학교에서 장학금을 받은 터라 학업 성취감도 매우 높았습니다. 그런데 복지사님께선 심사를 마치시더니 저에게 더 이상 동생의 지원금을 줄 수 없다고 하셨습니다. "너는 취업할수 있는 나이가 되었는데 돈을 버는 것도 아니고, 그렇다고 정규 대학에서 공부하는 대학생도 아니니 우리는 동생의 지원을 끊겠다"라고 말씀하셨죠. 저에게 지원금이 나오지 않는 건 받아들일 수 있지만, 제가 취업하지 않고 학점은행제 학교에 다닌다는 이유로 동생의 지원금까지 끊기는 상황은 받아들이기 어려웠습니다. 제가 그런 게 어디 있냐고, 동생한테 나오는 지원금은 동생에게 쓰이는 것인데 인정할 수 없다고 말하니 복지사님이 대꾸하셨죠.

"그러니까 공부를 열심히 해서 제대로 된 대학을 다니든가, 동생이랑 할머니를 위해서 빨리 돈이나 벌었어야지. 나랏돈 받기가 그렇게 쉬운 줄 알아? 너 같이 형편 어려운 애들이 얼마나 공부를 열심히 하고 잘하는데, 너도 노력이라도 해야지."

그 순간 저는 영화에서나 봤던, 주변의 소리가 사라지고 머릿속이 웅웅거리는 효과를 실제로 경험했습니다. 동사무소 맨 구석 창구에 앉아 눈물이 나오려는 것을 허벅지를 꼬집어가며 참아냈습니다.

당신의 말에 제가 살아오는 동안 내린 모든 선택과 제 인생, 저 자체가 모조리 다 부정당하는 느낌이 들었습니다. 당신이 참고한 법규가 무엇이든 간에 저는 그 자리에서 크나큰 모욕감을 느꼈습니다. 그날부터 저는 저의 계급에 관해 생각하기 시작했습니다. 지금처럼 금수저, 흙수저와 같은 단어로 계급을 나누는 '수저 이론'도 없던 시절이지만 제가 흙수저라는 사실을 처음으로 실감한 거죠. 그리고 흙수저라는 신분이, 가난이, 학력이 저의 부끄러움이 된다는 사실도요.

제가 어릴 적 TV에서 봤던 소년소녀가장은 허름한 단칸방에서 할머니와 사는 모습이었습니다. 화면 속 그들은 가난한 형편을 극복하고자 악착같이 공부해서 우수한 성적으로 졸업하고 마침내 성공을 거머쥐었습니다. 개천에서 용 나는 그들의 성공 스토리를 보면서 저는 늘 그들과 제가 다르다고 생각했습니다. 밥을 굶는 것도 아니었고, 단칸방에 사는 것도 아니었고, 할머니와 사는 것은 맞으나 저희 할머니는 TV에 나오는 허리가 굽고 자비와 인자가 넘치는 할머니의 모습과도 달랐으니까요. 하지만 그런 프로그램을 볼 때마다 한 번씩은 고민했던 것 같아요.

'나도 저들처럼 기초생활수급자에 소년소녀가장이니 악착같이 공부해서 성공을 꿈꿔야 하나?'

하지만 저는 타고나기를 악착같은 면이 없었고, 누군

가를 이기는 데 열을 올리는 편도 아니었고, 부지런하기는 했지만 그게 집안 살림을 도맡아 하는 그런 부지런함은 아니었고, 그저 즐거운 일을 찾아다니며 놀고 움직이기를 부지런히 하던 아이였습니다. 사회가 주입한 가난에 대한 편견이 은연중에 저에게 죄책감을 만들었다는 사실을 깨달은 것도 당신의 말 때문이었습니다.

하지만 누군가를 미워하는 마음으로 악착같이 버텨서 보란 듯이 성공하겠다는 오기는 저에게 좀처럼 생기지 않았습니다. 당신의 말에 눈물을 흘리며 버스를 타고 집으로 돌아오는 순간에도 당신이 미웠지만 당신이 요구하는 욕망은 제게 없었습니다. 성공한 사람들의 일대기에서는 그런 순간이 삶을 바꾸는 결정적인 터닝포인트가 되기도 하는데 말이죠. 저는 누군가에게 증명할 나 자신을 만들고 싶지 않았습니다. 내가 나인 것을 타인에게 증명할 필요를 느끼지 못했습니다. 그렇지만 살면서 문득 삶이 나태해지는 순간마다 당신의 말이 저의 목구멍을 뚫고 올라오는 듯했습니다.

목구멍을 타고 올라오던 당신의 말은 제가 원하는 일을 하기 시작하면서 자연스럽게 사라졌습니다. 하지만 저는 이 글을 쓰는 순간에도 당신이 제시했던 성공의 모습으로 버젓이 성공하지 못했습니다. 성공 신화의 주인공이 되지 못했죠.

하지만 저는 지금 제 모습이 제법 마음에 듭니다. 여전히 누군가의 성공 신화를 따라 살기를 꿈꾸지 않고요. 그때나 지금이나 저는 여전하지만, 이런 생각은 하는 어른이 되었습니다.

공부를 못하는 아이도, 대학을 안 나온 청년도, 직업을 갖지 못한 사람도, 모든 인간이 품위 있게 살아갈 수 있는 사회가 되어야 한다고요. 그 삶의 최전선을 어느 누구도 욕되게 해서는 안 된다고요.

대학은 제대로 못 나왔어도
제 앞가림은 하는 소녀가장 드림

하늘 같은 교수님께

지금 교수님은 어느 학교에서 강의를 하고 계실까요? 저는 십여 년 전 교수님께 미학 수업을 받았던 학생입니다. 제 취향의 뿌리를 찾기 위해 대학 시절 쓴 일기를 보던 중 교수님이 떠올랐습니다. 그리고 깨달았습니다. 교수님의 얼굴도 떠오르지 않을 만큼 오래전 일이긴 하나, 지금 제 취향은 교수님이 수업 중 내뱉은 한마디에서 시작되었다는 것을요.

스무 살의 저에게는 자격지심이 있었습니다. 예술이 좋아 배우러 들어왔지만 정작 예술이 무엇인지 알지 못한다는 사실이 부끄러웠습니다. 학교가 배움의 장소라고 생각했던 저는 이제부터 알아가겠다는 마음으로 열심히 교수님의 수업을 들었습니다. 그런데 같은 수업을 수강하던 몇몇 학생들은 예술이 무엇인지 이미 다 알고 있는 사람들 같았습니다. 대학교도 선행 학습을 해야 하는 곳이었던가요? 하지만 저는 클래식도 잘 모르고 그림도 잘 모르는, 그저 일반교육과정을 거쳐 갓 성인이 된 평범한 스무 살이었습니다.

제가 자란 경기 수도권은 제가 어릴 때까지만 해도 문화생활 기반이 약한 곳이었고, 저에겐 예술적 소양을 갖춘 부모님도 없었습니다. 그래서 대학에 진학한 후 접한 문화예술이 전부 새로웠습니다. 이전까지 그림이라고는 대중적으로 널리 알려진 화가나 미술 교과서에 소개된 명화 이름 정도만 간신히 외우는 정도였고, 클래식이라고는 중학생 때 피아노 학원에서 어설프게 배운 베토벤의 몇몇 교향곡이 전부였습니다. 제가 졸업한 인문계 고등학교의 예체능 수업은 너무 지루했습니다. 그림을 보는 것은 좋아했지만 그리는 데는 소질이 없어서 수행평가 위주로 진행되는 미술 시간이 늘 괴로웠고, 음악은 삶에서 떼어낼 수 없을 만큼 자주 들었으나 저에게 음악이란 오로지 TV에 나오는 오빠들의 대중가요뿐이었습니다.

정규교육과정의 예체능 수업을 되돌아보면 정말 엉망이었습니다. 중학교 음악 시간에는 뮤지컬 〈캣츠〉 DVD만 다섯 번 넘게 시청해야 했고, 수행평가 기간이 되면 앞으로 살아가면서 평생 불 일이 없을 것 같은 리코더만 죽어라 연습해야 했습니다. 시험 기간에는 음악가들의 출생 연도부터 출신 국가, 대표 작품 등의 정보만 달달 외우느라 그들의 음악을 제대로 느껴본 적이 없었습니다. 고등학교 음악 시간에는 수업이랄 게 거의 존재하지 않았습니다. 그저 모의고사와 수능을 위한 자습 시간에 불과했죠. 이렇게 평범한 일반교육을 받은 이들이 예술적 소양을 갖기란 쉬운 일이 아니었습니다. 그나마 TV에서 자주 접하던 대중문화가 저에게 가장 가까운 예술이었습니다. 스무 살이 되어 그 사실이 콤플렉스가 되어갈 때쯤 교수님의 수업을 신청한 것입니다.

교수님은 미학을 가르치셨고, 저는 교수님의 수업을 무척 좋아했습니다. 당시 교재로 썼던 진중권의 《미학 오디세이》 시리즈를 너덜너덜해질 때까지 읽었고, 너무 열심히 필기한 탓에 수업이 끝나면 동기들이 제 책을 빌려가 돌려

보기도 했습니다. 한 동기는 재수강에 필요하다며 저에게 《미학 오디세이》 1권을 빌려갔는데 아직까지 책을 돌려주지 않아서, 저는 지금도 돌아올 그 책을 기다리며 책장 자리 한 칸을 비워두고 있습니다.

하지만 수업을 들을수록 저의 취향에 부끄러움을 느끼는 날이 많아졌습니다. 교수님의 수업은 너무나 훌륭했지만 저는 가끔씩 교수님의 태도에서 불편함을 느꼈습니다. 그 태도의 배경에는 예술을 모르는 사람들을 향한 무시와 조롱 같은 것이 깔려 있었습니다. 교수님이 의도한 바는 아니었을지 모릅니다. 단지 저의 자격지심 탓이었는지도 모릅니다.

딜레탕트.

교수님은 이 단어를 기억하시나요?

딜레탕트란 예술이나 학문을 체계적인 지식 없이 도락道樂으로 즐기는 사람을 야유조로 이르는 말입니다.

저는 딜레탕트의 뜻을 설명하는 교수님에게서 그런 부류를 조롱하는 듯한 인상을 받았습니다. 그 순간 저는 제가 바로 딜레탕트라는 사실을 깨달았습니다. 미술과 음악의 사조 같은 것에는 무지하지만 그저 멋있어 보여서 즐기기만 하는 애호가가 바로 저였기 때문이죠. 그때까지만 해도 저는 그림의 작가가 누구인지, 음악의 작곡가가 누구인지, 그 작품에 어떤 배경이 깔려 있는지, 무엇 때문에 그 작품이 뛰어나다는 평가를 받는지, 어떤 부분이 의미 있는지는 몰라도 그냥 보고 듣는 것만 좋아하는 사람이었으니까요. 솔직히 말하자면 뭔지는 몰라도 그냥 있어 보이는 것들을 사랑하는 사람이었죠.

교수님의 그 묘한 조롱의 태도 때문이었을까요, 저는 더 열심히 수업을 들었습니다. 수업이 끝나면 전시회도 다니고(도슨트 프로그램에 꼭 참여하면서), 클래식 라디오 채널을 들으며 등교했습니다. 배우고 외우려고 애썼습니다. 딜레탕트가 아닌 진짜 예술가가 되기 위해. 교수님의 수업을 듣는 내내 소리 없이 발버둥 쳤습니다. 수업 마지막 날 교수님께 이러한 이야기가 담긴 편지를 꼭 드리고 싶었는데 용기가 나질 않아 쓰지 못한 기억이 남아 있습니다.

이후 저의 문화 활동은 지식 채우기에 급급했습니다. 즐기고 느끼고 싶다는 욕망보다 알아야 한다는 강박이 더 앞섰습니다. 딜레탕트가 되지 않기 위해, 예술 좀 한다는 이들 사이에서 무시당하지 않기 위해 제가 좋아하는 대중문화보다는 고전을 더 공부했습니다. 인문학 책을 비롯하여 다양한 분야로 독서 영역을 넓혀갔습니다.

　그런 시간이 길어져 어느덧 저는 저에게 맞는 진짜 취향을 찾게 되었습니다. 이제는 클래식도 듣고 재즈도 듣고 샹송도 듣고 EDM도 듣습니다. 다 비슷비슷하게만 느껴졌던, 몇 악장인지 외워지지도 않던 그 음악들을 상황과 기분에 따라 골라 듣고 주변에 추천도 해줍니다. 하지만 아이러니하게도 제가 가장 좋아하는 장르는 여전히 발라드와 힙합입니다. 많이 안다고 해서 사랑하게 되는 것은 아니더군요. 사랑하게 되어서 더 알고 싶어진 것이라면 결과가 조금은 달라졌을까요?

　미술은 현재 제가 가장 좋아하는 예술입니다. 전에는 그림을 어떻게 감상해야 하는지 몰랐습니다. 사진이 좀 더 이해하기 쉬웠습니다. 그렇지만 이제는 그림을 보는 것이 좋아 해외여행을 가면 꼭 미술관에 방문합니다. 도록이나 컴퓨터 화면을 통해서만 접하던 그림의 진품을 마주했을 때의 감동도 알게 되었습니다. 모두 그 시절 교수님의 말씀에 자극받아 공부한 덕분입니다.

교수님, 이제 저는 딜레탕트에서 벗어난 것일까요?

저는 교수님의 수업을 들으면서 예술에도 계급이 있다는 사실을 처음 깨달았습니다. 학교가 성적순으로 학생들의 등급을 매기고, 사회가 직위와 재산에 따라 사람의 계층을 나눈다는 것은 알았지만 모두에게 평등해 보이던 예술에도 계급이 있다는 사실을 그때 절감했습니다. 어쩌면 저는 예술가가 되기를 꿈꾸며 신분 상승을 기대했는지도 모릅니다. 예술에도 급이 있다면, 성적으로도 실패했고 재산으로도 실패한 나에겐 예술가가 되는 것만이 유일한 계급 상승의 기회겠다고 말이지요(그 생각 역시 오해였고, 그 오해는 영화과 생활을 하며 아주 빠르게 깨져버렸습니다).

하지만 결국 제가 벗어나야 하는 것은 딜레탕트가 아닌 딜레탕트라 비웃는 일부 사람들, 누군가를 자신보다 열등한 존재로 취급하는 이들의 위선적인 시선이었습니다. 사회의 어떤 그룹이나 계층에 속하려고 애쓰기보다 나만의 자리를 만드는 것이 저에게 더 어울리는 삶이었음을 차츰 깨달았습니다.

그 점을 받아들이고 나니 교수님이 조금 실망스러웠지만, 그래도 교수님의 수업은 제가 살아오면서 들어본 수

업 중 단연 최고였습니다. 교수님 덕분에 예술이 학문으로
서도 즐거울 수 있다는 사실을 배웠고, 다양한 예술 작품
을 폭넓게 접하며 자세히 들여다볼 수 있는 눈과 깊게 들을
수 있는 귀를 갖게 되었습니다. 제가 알지 못하던 세계에
들어가 새로운 문화 예술을 향유하면서 마음이 풍요로워
졌습니다. 좋아하는 사람은 닮고 싶어집니다. 교수님의 수
업이 좋아 닮고 싶었습니다. 그러나 결국 그건 제가 아니
라는 것도 알게 되었습니다.

    이 편지는 일종의 고백입니다. 교수님의 수업을 사랑
했다는 고백, 단어 하나 때문에 교수님께 실망했다는 고
백, 어린 날 성공한 예술가가 되고 싶었던 야망의 고백, 그
모든 것이 허사였음을 깨닫고 지금은 그저 제가 좋아하는
것을 매일 보고 듣고 느끼며 살아간다는 고백.
    이 모든 고백을 교수님께 드립니다.

                        팬심을 가득 담아 제자 올림

딜레탕트. 예술이나 학문을 체계적인 지식 없이 도락으로만 즐기는 사람을 야유조로 일컫는 말이죠.

딜레탕트

뭐, 그런 사람도 있을 수 있죠.

교수님,

나는 클래식보다 힙합이 더 좋은데...

저는 딜레탕트이고 싶지 않았습니다.

나... 딜레탕트인가...?

123

그래서 정말 많이 노력했지요.

딜레탕트가 되지 않기 위해

클래식의 선율...!

교수님이 말씀하신 대부분을 열심히 해본 결과,

〈예술사의 이해〉 197 페이지 셋째 줄에 따르면 영화란...

제게 확신이 생겼습니다.

역시

저의 사랑은 힙합과 발라드라는 것.

♪ 교수~~님~~ 후우~~예에에~ ♪

쳇쳇-교수님! 렁마 힘! 합!

건물주 사장님께

사장님, 잘 지내시나요? 이번 달도 월세를 내지 못해서 죄송합니다. 공과금 및 카드 대금 연체도 용납할 수 없는 제가 이렇게 월세를 제때 내지 못하는 날이 잦아지는 것이 저로서도 당황스럽습니다.

제가 처음 이곳을 계약할 때 사장님이 저희 책방이 어떤 공간인지 이해하지 못하셨던 것 압니다. 책도 팔고 커피도 판다니, 그럼 만화방 같은 거냐고 물으셨죠? 이해합니다. 전기 공사를 해주시던 소장님은 제가 이곳을 북카페 같은 거라고 설명하니까 손으로 북을 치는 시늉을 하시며 "북?"이라고 되물으셨거든요. 사장님 세대 어른들에겐 젊은 청년들이 장사하는 모습이 영 미덥지 않았겠지만, 건물

2층에서 장사하던 제가 임대 계약이 만료되어가던 시점에 공실이던 1층까지 가게를 확장하자 "나는 잘 모르겠지만 젊은 사람들이 오긴 오나 보네"라고 말씀하셨죠. 저 역시 1층까지 가게를 확장하고 손님들이 서점 앞에서 웨이팅을 하기 시작할 무렵에는 정말 장대한 앞날이 펼쳐질 것만 같았습니다.

성인 연간 독서율은 해마다 저조해지고, 이제는 책의 위기가 도래했다는 말을 들어도 그다지 동요가 일지 않습니다. 하지만 전염병 하나에 책의 위기가 아니라 국가의, 세계의 위기가 올 줄은 꿈에도 생각하지 못했습니다. 책을 팔아 벌어가는 돈이 크진 않았어도 월세 내고, 공과금 내고, 위탁 도서 정산금을 입금하고, 주말 아르바이트 월급도 주고 나면 그래도 저에게 다음 달 책을 살 정도의 돈은 남았는데 코로나19 전염 사태가 시작된 이래 투잡으로 근무하는 또 다른 회사의 월급까지 책방에 들이부은 지 6개월이 지나니 더 이상 월세를 감당할 수가 없더군요. 만 원짜리 책을 팔면 남는 이천 얼마의 돈과, 사천 원짜리 커피를 팔면 남는 이천 얼마의 돈으로 서울의 시세를 감당하기가 이토록 힘들다는 사실을 다시 한번 깨달으며, 낭만에 속지 말자는 다짐을 오늘도 뼈에 세깁니다.

이유는 모르겠지만 책방을 운영하다 보면 인터뷰 요청이 끊이지 않습니다. 열심히 인터뷰에 응하던 운영 초기에는 저희 책방 이름이 매체에 오를 때마다 '내일 손님 왕창 오는 거 아냐?' 하고 기대했지만 꿈처럼 아무 일도 일어나지 않았고, 그래서 이제는 섭외 요청의 10퍼센트만 응합니다. 시간만 뺏기는데 질문은 거의 똑같으니 새삼 연예인들이 존경스러워지더라고요. 배우들이 신작 홍보를 위해 연예프로그램에 나와 매번 비슷한 질문을 듣고 끝까지 웃으면서 대답해내는 모습을 보면… 그야말로 리스펙입니다.

인터뷰에서 자주 나오는 질문 중 하나가 "책방을 하면서 가장 어려운 점은?"입니다. 질문하는 이들은 '당연히 경제적인 부분이겠지' 하며 대화의 흐름을 이어가더라고요.

"최저시급이 올라서 운영이 어려워지진 않았나요?"

"요즘은 다들 인터넷으로 책을 구매하니까 동네 책방을 이용하는 사람은 별로 없죠?"

그들은 하나같이 손님이 없어서 힘들지 않냐는 뉘앙스로 묻지만 저는 늘 답합니다. 이런 작은 동네에서 지금 정도의 문화 소비 수준은 나쁘지 않다고 생각한다고요. 이

만큼 책이 팔리고, 이 정도로 커피가 팔리는 건 적당합니다. 장사가 적당히 되는데도 저희 책방이 경제적으로 어려운 이유는 월세가 비싸서입니다.

사장님이 소유한 건물의 월세가 주변 임대료 시세와 비슷하긴 하지만 솔직히 이 동네 월세는, 아니 서울의 상가 월세는 다 거품입니다. 그 비싼 월세를 감당하기 어려워 작은 상점들이 망해가는 겁니다. 성실히 문을 열어도, 적당히 손님이 있어도 전체 매출에서 월세가 차지하는 비중이 너무 크기 때문에 오래 버티지 못하는 겁니다. 빌딩 숲이 가득한 삭막한 서울에서 청년들이 그나마 낮은 건물이 모인 오래된 골목을 찾아 개성적인 아이디어로 죽어가는 상권을 살려놓으면 왜 그 이득을 다 건물주님들이 취하는 걸까요? 돈 받고 건물을 내어준 것 외에 사업장에 다른 투자라도 하신 겁니까? 예로부터 장사가 잘되면 건물주 아들이 그 자리 꿰찬다는 말을 들어왔지만, 왜 이런 악습은 시간이 지나도 변하지 않는 걸까요?

그래도 매달 정확한 금액으로 계산서를 발행해주시는 사장님은 양반이라고 생각합니다. 사장님은 그것 가지고도 자주 생색을 내셨지만 이 주변 상가 건물주님들은 대부분 세금 신고도 매우 축소해서 하신다고 하더라고요. 세상이 참 우스운 게, 당연한 일을 하는 사람이 자기 같은 사람 없다며 자긍심을 갖네요. 그런데 주변 상인들의 이야기를 들어보면 양심 없는 건물주가 참 많아 보여서 사장님의 그 자긍심도 어느 정도 이해가 갑니다.

사장님, 사장님의 예상보다 제가 오래 버텼지요? 오래 못 버틸까 봐 계약 기간을 1년으로 설정하시고, 그래놓고도 걱정되어서 주말마다 손님 있나 없나 확인하러 오신 것 다 압니다. 이상하게 사장님이 들를 때마다 손님이 한 명도 없었고 저는 늘 그게 자존심 상하더라고요. 가게가 항상 한적한데도 제가 월세를 밀리지 않으니까 누가 돈이라도 대주는 줄 아셨나 봐요. 자꾸 저에게 부모님 직업을 물으시더라고요. 사실 처음 계약할 당시에는 저도 스스로가 못 미더웠어요. 저희 할머니는 장사가 잘되면 자리 뺏기니까 무조건 5년은 계약해야 한다고 다그쳤지만 제가 그 시간을 버틸 자신이 없었어요. 그런데 어느덧 저희 서점이 두 층의 공간을 쓰고, 제가 이곳에서 서점을 연 지도 3년 차가 되네요.

올해는 유난히 많이 힘들었습니다. 계약서상으로는

월세가 3개월 이상 밀리면 강제 퇴거인데 다행히 아직 미납 기간이 3개월은 안 가네요. 2개월이 밀려 한계에 다다르면 그때마다 겨우 돈을 만들어냈습니다. 사장님도 매달 나가는 돈이 있으실 텐데 정말 죄송합니다. 어쨌든 이건 약속이니까요.

오늘도 저는 제 발로 찾아오는 손님들을 나냥 기다릴 수 없어서 외부 강의에 나가고 각종 자문을 다니고 여러 행사도 기획합니다. 우선은 쫓겨나지 않기 위해 돈을 구하러 여기저기 기웃거려봅니다.

사장님, 언젠가 물으셨죠? 이런 일을 왜 하려고 하냐고요. 그러게 말이에요, 사장님. 저는 왜 이토록 이 공간을 지키려는 걸까요? 누군가는 "이 시대에 책방 일을 하는 것은 독서 문화를 바로 세우려는 사회 운동이나 다름없다"라는 말을 했다더라고요. 그럴 듯한 말이라고 생각하면서도 조금은 서글퍼집니다. 내가 사회 운동을 하는 것이라면 자긍심을 가져야 하는데, 그런데 저는 이상하게 부끄럽고 서글프고 씁쓸합니다. 제가 이 땅에서 사라져가는 것을 보존하는 문화재 지킴이가 되어버린 걸까요? 책방이란 그저 많은 이들이 일상적으로 누리는 문화 공간이라고 생각했는데 말입니다. 먹고살고자 하는 일에 비장함과 사명감이 덧입혀질 때마다 저는 조금 두렵습니다. Cool하고 Fun한 삶이길 바라는데 왜 이리 뜻대로 되지 않는 걸까요? 사장님처럼 당연한 일을 하고도 자긍심을 갖는 사람은 대체 어떻게 해야 될 수 있나요?

사장님께 묻고 싶은 게 많아지는 밤입니다.

평안한 밤 되세요.

월세 밀려 잠 못 이루는 세입자 올림

이미지에 갇힌 손님들에게

책방을 운영하면서 제일 힘든 순간을 꼽으라면 그럴 때일 것입니다. 이걸 규칙으로 정해야 할지, 말아야 할지 고민하는 순간. 적당히 하면 그냥 넘어갈 수 있는데 적당하지 않은 사람들 때문에 적당한 사람에게까지 싫은 소리를 해야 하는 순간.

Z세대를 이미지의 세대라고도 합니다. 자신의 모든 것을 이미지화하고자 하는 욕망을 지니고 SNS 공간에서 활발하게 활동하는, 인증샷에 열광하는 세대.

독립서점을 찾는 주 고객의 연령대는 2, 30대입니다. 저희 책방 역시 마찬가지고요. 독립서점에는 대체로 책을 좋아하는 손님들이 방문하지만 그렇지 않은 사람들도 있습니다. 길을 오며 가며 들른 사람, 핫플레이스가 많은 동네라 데이트코스로 방문하는 사람, 책은 싫지만 책방이라는 공간이 만들어내는 분위기가 좋아서 오는 손님들도 많지요. 저는 그런 손님들을 '이미지를 만들고 싶은 사람들'이라 표현하고 싶은데요. 이 편지는 그동안 숱하게 오고 가셨던 다양한 이미지 손님들께 드리는 편지입니다.

이미지 손님들은 지적인 이미지를 만들고자 저희 책방을 찾으셨던 것 같습니다. 저희 책방은 카페를 겸하여 운영하고 있는데, 그러다 보니 카페투어족과 이미지를 추구하는 분들이 합쳐져 혼란스러운 나날이 이어졌습니다.

책방 운영에 나름 경력이 쌓였다고 이젠 이미지가 목적인 손님들은 금방 파악이 가능합니다. 가령 책을 사려면 책장에서 책을 꺼내어 몇 장 읽어봐야 하는데 이미지 손님들은 먼저 책장을 여러 각도로 찍습니다. 그나마 무음으로 촬영해주면 다행이지만 보통은 찰칵찰칵 소리가 연속해서 납니다. 책장만 찍으면 또 다행인데요, 그들은 제목을 보고 끌리는 책들을 마구잡이로 꺼내 표지를 하나하나 찍습니다. 그러고는 제가 손님들에게 책을 소개하고자 인덱스

스티커를 붙여놓고 밑줄 친 문장만 또 확대하여 찍습니다. 내지는 촬영이 불가하다는 안내문이 좁디좁은 책방에 다섯 군데나 적혀 있는데도 말이죠. 그리고 편하게 책을 살펴보라고 마련한 테이블 위에 작은 화분이나 장식 모형 등의 소품을 올려놓고 책과 함께 이 각도 저 각도로 연출샷을 찍습니다.

한번은 그런 일도 있습니다. 이미지 손님이 사진 씩는데 너무 열중하다가(아마도 책방 풀샷을 찍고 싶었던 모양인데, 저희 책방이 좁아서 최대한 뒤로 가려 했나 봅니다) 책방 입구에 진열해둔 빈티지 접시를 깼습니다. 그 접시는 제가 여행을 다니면서 어렵게 구한 소품이었는데 말입니다. 그런데 더욱 놀라운 것은 접시가 깨져도 손님이 사진 찍기를 멈추지 않으셨다는 점입니다. 그분은 "변상해드릴게요"라는 한마디를 내뱉고는 계속해서 사진을 찍으셨습니다(변상하느라 돈을 다 쓰셨는지 책은 사지 않았습니다).

이런 경우는 정말 허다합니다. 저 역시 SNS로 서점을 홍보하며 먹고살지만 SNS 속 저희 책방은 난리도 아닙니다. 저희 책방 계정이나 장소를 태그한 게시물을 보면 분명 팔리지 않은 책인데 그 책을 들고 셀카를 찍은 손님들의 얼굴이 나옵니다. 2층 서가엔 열람용 책들이 많습니다. 음료만 이용하시는 분들도 책을 읽을 수 있도록 사비로 구매한 소장용 책들을 비치해뒀기 때문입니다. 저는 그 책들이 그렇게 다양한 연출 소품으로 쓰일 줄 몰랐습니다. 저의 의도와는 전혀 다르게 열람용 책들이 쓰이는 것 같아 아쉬운 마음이 들더라고요. 소품 활용에 그치면 다행이지만 사라지는 책들도 많고요(책방에도 장발장은 있나 봅니다).

서점이라는 공간은 옷 가게와 비슷해서 맘에 드는 제품이 있으면 사고, 없으면 안 살 수 있지요. 그러니 아무리 손님이 책을 들춰보아도 제지할 수가 없습니다. 책을 구매하지 않고 완독하더라도, 계산하지 않은 책에 커피를 쏟더라도, 책을 백 권 꺼내 보더라도 살지 말지는 끝까지 기다려봐야 알 수 있으니까요. 카페라면 커피를 주문하지 않고 테이블을 차지하는 사람을 내쫓을 수 있지만 책방은 그렇지 않으니까요. 손님이 테이블에 앉아 사고 싶은 책을 좀 오래 읽을 수도 있으니까요. 대형서점은 책방을 아예 그런 공간으로 만들어버렸고요.

책을 구매하기도 전에 함부로 다루는 문화는 대형서점이 서점의 이미지를 잘못 만든 탓이라는 생각도 듭니다.

실제로 대형서점에서 훼손되는 책들이 너무나 많습니다. 대형서점은 작은 책방과 다르게 책에 하자가 생겨도 출판사로 반품이 가능합니다. 하지만 위탁 거래가 아닌 매절 거래로 책을 입고하는 작은 책방은 책이 훼손되어도 출판사로 반품할 수 없어 책방 주인이 손해 비용을 부담해야 합니다. 그래서 최대한 책이 상하지 않도록 소량만 주문하고, '이 책 저 책에 손때기 묻느니 하나만 밍가저라' 하는 마음으로 한 권의 책을 따로 구매해서 샘플로 비치해두기도 합니다.

저는 책방 주인이 된 후 대형서점에 가면 그냥 맨 위에 있는 책을 사 오는 습관이 생겼습니다. 평범한 소비자였을 때는 저 역시 가장 아래에 깔린 빳빳한 새 책을 샀는데 말이죠. 사람의 사고 반경이 얼마나 좁은지 늘 실감합니다. 새로운 직업을 가지거나 혹은 예상치 못한 상황에 맞닥뜨리는 순간 그나마 조금씩 넓어지는 것 같습니다. 그러니 책을 험하게 다루는 문화가 전부 손님들의 책임이라곤 말할 수 없다고 생각합니다. 하지만 저 역시 책이 망가질 때마다 마음이 쓰이는 것은 어찌할 수 없네요.

책방 운영 초기에는 저와 함께 출근하여 함께 퇴근하

는 손님들도 있었습니다. 차후 가게를 확장하면서 1층을 책방으로, 2층을 카페로 공간을 나누게 되었지만 그때는 건물 2층 한 공간에서 책과 커피를 판매하던 시절이라 손님이 책을 몇 권씩 꺼내서 커피 테이블에 쌓아두고 하루종일 읽어도 어찌할 바를 몰랐습니다. 음료를 주문한 손님이 카운터에서 불과 다섯 발자국 떨어진 서가에서 판매용 책을 꺼내고 커피를 마시며 그 책을 완독하더라도 저는 제지할 수 없었습니다. 그 후 구매하지 않은 도서는 테이블에서 읽을 수 없다는 안내문을 붙여놨지만 안내문 같은 걸 꼼꼼히 읽는 사람은 드물더군요. 그때는 정말 상황이 통제가 안 되어서 손님들이 판매용 도서에 음료를 쏟는 일이 허다했습니다. 대부분 사진을 찍다가 일어난 사고였죠. 사진 찍기에 열중하다 책에 음료를 쏟는 바람에 어쩔 수 없이 책을 사가는 손님도 많았습니다.

물론 적당한 인증샷은 홍보에 도움이 되고 저도 손님들의 후기를 솔직하게 읽을 수 있어 좋습니다. 하지만 셔터음이 도를 넘으면 정말로 책을 살펴보고 구매하려는 손님들에게 최악의 소음이 되더라고요. 1층까지 서점을 확장하기로 결심한 데에는 그런 이유도 있었습니다. 책과 커피 테이블을 분리하고 싶었습니다. 더 이상 책이 망가지는 모습을 보고 싶지 않았고, 잘못된 독서 문화를 만드는 데 일조하고 싶지 않았거든요. 내 것이 아닌 책을 대하는 무의식적인 습관들을 보고 있노라면 도서관 책들의 상태가 왜 그리 심각한지도 이해가 가더라고요.

이미지 손님들을 바라보면서 생각합니다. 우리는 어쩌다 이런 세상에 온 것일까요? 경험해보지도 않았으면서 경험한 것처럼 흉내 내고, 자신의 돈과 시간을 투자하지 않으면서 남들이 오랜 시간에 걸쳐 몸으로 얻어낸 정보를 빠르고 손쉽게 취하는 세상. 이른바 가성비의 세상. 싼값으로 최대치를 뽑아내겠다는 사람들이 가득한 세상. 이런 세상에서 우리는 어떤 이미지로 최대의 효율을 뽑으려 하는 걸까요?

친한 언니 중 한 사람은 SNS 인플루언서로 활동하고 있습니다. 오랜 시간 블로그와 인스타그램을 운영해오던 그 언니는 결혼을 준비하면서 그 과정을 SNS에 기록했습니다. 혼수 장만부터 웨딩 촬영, 신혼여행에 이르기까지 필요한 정보를 열심히 찾아다닌 끝에 가장 저렴하면서 만족도가 높은 방법을 고안했고, 그 결과물을 사진으로 올렸습니다. 그랬더니 사람들의 문의가 끊이지 않았다고 합니다. 이 침대는 어디서 산거냐, 좌표 달라, 색깔은 무엇이냐, 사이즈는 무엇이냐, 사진 촬영 장소는 어디냐, 주소 달라… 처음엔 그 관심이 나쁘지 않아 일일이 응대했는데 나중에는 조금 화가 나더랍니다. 자신이 어렵게 찾아낸 것들인데 다들 너무 쉽게 정보를 얻어가서 얄밉다더라고요.

심지어 "사진 보고 예뻐서 따라 샀는데 실물 보니 별로잖아요" 하며 따지는 사람도 있더랍니다. 저는 그 이야기를 듣고 충격에 빠졌습니다. 도대체 이미지가 무엇이기에 이토록 사람들이 목을 매는가. 사람들은 대체 무엇을 욕망하는가?

저도 비슷한 일을 겪었습니다. 가끔가다 저희 책방 인스타그램에 디엠으로 컴플레인을 거는 분들이 있는데(그런 분들은 늘 프로필 사진도 없고, 계정도 비공개더군요. 저는 이럴 때면 익명성이 보장된 온라인이라는 공간이 싫어집니다) 그날도 한 분이 디엠으로 불만을 남기셨습니다. '방문 후기에 조용하다고 쓰여 있어서 왔더니 왜 이렇게 사람이 많고 시끄럽나요?'라는 메시지였습니다. 저는 큰 혼란에 빠졌습니다. 어떻게 대응해야 할지도 몰랐습니다. 차라리 책방에서 얼굴을 보고 직접 말씀하셨더라면 최대한 사과하고 서비스 음료라도 내어드리면서 조처했을 텐데 그냥 메시지만 툭— 쓰레기통에 버리듯 던지시니 어찌해야 좋을지 모르겠더라고요. 글로라도 최대한 예의를 갖추자며 '손님이 몰리는 시간대를 예측할 수 없으며, 손님들의 성향에 따라 서점 분위기가 다릅니다. 정말 죄송합니다'라고 답상을 보냈지만 속마음은 따로 있었습니다.

아니, 조용하다고요? 그게 제 입으로 한 말도 아니고, 사람 없다는 글을 제가 썼습니까? 후기를 쓰신 분이 오셨을 땐 사람이 없어서 조용했나 보죠. 하루하루 어떤 손님이 올지도 모르는데 그 사람들이 말을 할지, 안 할지까지 제가 예측할 수 있겠냐고요. 손님이 많으면 당연히 시끄럽겠죠. 이곳이 서점이고 카페지, 독서실은 아니잖아요. 스타벅스 가서 시끄럽다고 따지시나요? 교보문고 가서 왜 이렇게 사람이 많냐고 따지시냐고요. 그렇게 소음이 싫으시면 귀마개를 하시던가 혼자 산에 올라가셔야죠. 말이 너무 심했다면 또 사과드립니다… 그런데 솔직히 한 번쯤은 본심을 말하고 싶었습니다. 그간 쌓인 울분 같은 것이 있어서요.

가성비를 지나치게 따지는 이들은 자신이 직접 경험하기보다는 남의 경험을 자신에게 적용하고, 타인의 부정적인 의견을 맹신해 자신에겐 좋을 수도 있는 것을 미리 통제하기도 합니다. 식당을 찾거나 영화를 보거나 책을 고를 때처럼 일상적인 선택의 순간마저 후기나 별점을 따르는 것도 다 비슷한 이유 때문이겠지요. 일련의 사건들을 경험하며 이 시대에 어떤 공간의 이미지를 만들어가는 것은 참으로 어려운 일이라는 생각을 합니다.

저는 이미지 손님들에게 말하고 싶습니다. 진짜 현실을 살아내시라고요. 현실은 잘 보정되고 편집된 순간이 아닙니다. 계속해서 흐르는 CCTV 같은 것입니다. 기대보다 높은 만족감을 얻을 때도 있고, 기대에 못 미치는 순간도 있겠지요. 그렇지만 그 모든 것이 쌓여 경험이 되고 취향이 되고 지금의 나를 만듭니다. 남이 먼저 경험한 것은 당신의 시간을 아껴줄 순 있겠지만 결코 당신의 것이 될 수 없습니다.

저희 책방은 여러분에게 가성비 갑이 될 수 없습니다. 베스트셀러도 없고, 책에 순위를 매기지도 않습니다. 각자의 취향에 맞는 책을 준비하고 제공하고 싶습니다. 남들이 좋다는 것보단 내가 무엇을 왜 좋아하는지에 관한 답을 더 많이 찾아가시길 바랍니다.

이미지 만들기에 실패한
3년 짬바 책방 사장 올림

박소예 (책방 운영자)
안녕하세요. 책방을 운영하는 박소예입니다.

대박 대박!
책 더 잘보이게 위로!

그렇지!

오-좋아
멋져X고

캬ㅡ!

아. 저
다시 소개
할게요.

찰칵
찰칵
찰칵
찰칵

안녕하세요? 촬영 공간지기 박소예고요??
저 정말 회의감이 들고요? 과도한 촬영 금지라고
여기 분명히 써놨고요??

143

착각의 늪에 빠진 손님께

손님, 제가 정말 황당하고 화나는 마음을 숨기기가 어려우나 감정을 꾹꾹 눌러가며 겨우 편지를 씁니다. 그러니까… 아 그러니까… 한마디로 말해서 제가 웃은 이유는 당신이 좋아서가 아닙니다!!

당신도 알다시피 저는 작은 서점을 운영하고 있습니다. 가게를 얻기 위해 처음 방문한 이 동네는 어릴 적 제가 살던 동네와 많이 닮아서 그리 낯설지 않았습니다. 고즈넉한 주택가를 중심으로 실내 포차와 세탁소, 부동산, 삼겹살집이 오밀조밀 모여 있는 평범한 동네의 작은 상가.

비록 처음 계획했던 1층은 제가 가진 예산보다 임대료가 높아 2층에 가게를 차리긴 했지만, 나쁘지 않았습니다. 2층에 다른 상점 없이 저희 서점만 단독으로 있으니 오히려 조용하고 아늑할 것 같았습니다. 들뜬 마음으로 오픈을 준비하던 저는 책방에서 음료도 함께 판매하자고 결심했습니다. 그런데 음료의 맛과 책의 큐레이션에만 신경 쓰느라 미처 생각지 못한 일이 당신을 만나고 벌어졌습니다.

서점은 책을 판매하는 곳이지만 손님이 반드시 책을 구매해야 할 의무는 없지요. 판매점의 특성상 꼭 구매하려는 사람만 상점에 들어오는 것도 아니니, 그냥 진열된 책들을 펼쳐 읽어도 제가 손님에게 뭐라고 할 수는 없습니다. 그래서였을까요. 당신의 방문이 점점 불편해졌습니다.

당신은 손님이 없는 시간대에 찾아와 이 책 저 책 만지고 펼치며 구경했습니다. 그리곤 책을 한 권씩 들어 보이면서 저에게 "이 책 어떠냐" "저 책 재밌냐" 하고 이것저것 물었습니다. 저는 판매원으로서 당연히 정성껏 질문에 답했습니다. 당신이 질문을 마치면 저도 답을 끝내고 다시 제 할 일을 했습니다. 그런데 제가 노트북으로 업무를 보는 동안 뭔가 께름칙한 시선이 느껴졌습니다. 당신은 계속해서 저를 보고 있었습니다. 책을 든 채 서가에 기대어 저를 바라보는 당신의 시선이 저는 굉장히 불편했습니다. 하지만 물어볼 게 있어서 보는 것인지, 그냥 쳐다보는 것인지 알 길이 없던 저는 시선을 못 느낀 척하며 제 일을 해야만 했습니다. 그렇게 당신은 여러 날 동안 책을 사지는 않고 질문만 한 뒤 저를 한참 응시하다가 돌아갔습니다.

저는 무섭고 찜찜한 마음이 들었습니다. 그래서 남편이 선물한 호신용 스프레이를 카운터 위에 올려두고 당신이 올 때마다 움켜쥐고 있었습니다. 며칠이 흘렀을까요. 그날도 당신이 방문했습니다. 저는 긴장했지만 내색하지는 않았습니다. 당신이 저에게 직접적인 해를 끼친 적은 없었으니까요. 그런데 그날은 당신이 책을 구매하더라고요. 저는 그동안 당신을 오해한 것 같아 미안한 마음에 최선을 다해 친절히 응대했습니다. 웃으며 감사 인사를 전했고, 당신이 구매한 책을 정성껏 쇼핑백에 담아 건넸습니다.

그날 저녁, 영업 마감 시간이 되어 집으로 돌아갈 채비를 하는데 당신이 다시 저희 서점을 방문했습니다. 저는 조금 놀랐지만 예민하게 굴지 말자며 마음을 다스렸습니다. 제가 무슨 일이냐 물었더니 당신은 저에게 맥주 한잔을 같이 하자고 말했습니다. 저는 매우 놀랐습니다. 제가 왜 당신과 맥주를 먹어야 하냐고, 손님과 가게 밖에서 만날 수는 없다고 대답하자 당신은 "그럼 아까 저한테 왜 웃어

줬어요? 저한테 마음 있는 거 아니에요? 왜 이제 와서 아닌 척해요? 재수 없게?"라고 말하더군요. 저는 정신이 아득해졌습니다. 이게 대체 무슨 헛소리인가. 그 순간 저의 '친절한 사장 모드'는 대기권 밖으로 밀려났습니다. 저는 길바닥에서 구르던 깡다구 있는 자연인으로 돌아와 당신에게 소리쳤습니다.

"헛소리하지 말고 당장 꺼져라. 신고한다."

그리고 핸드폰으로 112를 눌렀지요. 당신은 당황했는지 바로 나가더군요. 당신이 나간 뒤 저는 곧장 남편을 불렀습니다. 혼자서는 한 발자국도 문밖으로 나갈 수 없었거든요.

카페에 진상 손님이 많다는 이야기를 하도 많이 들었고, 저도 이곳저곳에서 아르바이트를 하면서 온갖 상황을 겪은 터라 무례한 손님들을 응대할 매뉴얼은 어느 정도 갖추고 있었습니다. 하지만 이런 상황을 대처할 매뉴얼은 미처 알지 못했습니다. 전혀 예상치 못한 일이었습니다. 돌이켜 생각해보면 그동안 아르바이트를 했던 곳은 모두 평수가 넓은 매장이었고 함께 일하는 동료들이 많았으며 주택가가 아닌 유동인구가 많은 번화가에 자리 잡고 있었습니다.

아무리 늦은 시간까지 일하더라도 혼자서 매장을 지킨 적은 없는 데다 혹시나 취객이나 강도가 와도 바로 신고할 수 있도록 매장에 비상벨이 마련되어 있었습니다. 그런데 1인 점포는 그런 환경이 아니었습니다. 하루 종일 혼자서 작은 평수의 상점을 운영해야 하고, CCTV는 설치되어 있지만 비상벨 같은 건 없었습니다. 더구나 골목에 위치한 저희 서점은 건물 1층도 아닌 2층에서 유일하게 운영 중인 상점이라 큰일이 벌어져도 도움을 요청할 수 없었습니다.

나중에 이 일화를 주변 상점의 여자 사장님들과 나누게 되었습니다. 그런데 놀랍게도 그 사장님들도 비슷한 경험을 했다는 것입니다. 그때 깨달았습니다. 여성 혼자 상점을 운영한다는 것이 얼마나 큰 위험을 감수해야 하는 일인지를요. 그 사건은 제가 운이 없어서 겪은 일도 아니고 당신의 오해를 불러일으킬 만큼 과한 친절을 베풀어서 일어난 일도 아니었습니다.

CCTV에 찍힌 당신의 얼굴을 만천하에 공개하고 싶은 심정이었지만 참았습니다. 제가 이런 일을 당했다는 사실이 또 다른 누군가가 저를 범죄의 표적으로 삼는 빌미를 제공할까 봐 겁이 났거든요. 그 후 저는 손님과 거리를 두기 시작했습니다. 사적인 대화를 꺼리고 필요 이상 친절을 베풀지 않게 되었습니다. 의식적으로 남자 손님을 경계하게 되었습니다. 모두 당신 잘못인데 변해야 하는 것은 나였습니다.

그 후 더욱 심각한 일이 책방 근처 원룸촌 일대에서 일어났습니다. 혼자 귀가하는 여성을 건물까지 따라 들어와 집으로 침입하려 했던 괴한. 비슷한 일들이 여러 차례 있고 난 뒤 구청은 갑자기 1인 점포에게 안심벨을 설치해주겠다며 신청을 받았습니다. 저는 그 소식을 듣자마자 안심벨을 신청했습니다. 그래서 저희 서점엔 경찰서로 바로 연결되는 버튼이 생겼습니다. 하지만 버튼 하나가 생겼다고 해서 불안이 완전히 사라지는 것은 아니었습니다.

그 후 저는 1층까지 가게를 확장했습니다. 1층이면 출입문이 건물 바깥과 연결되어 있어 좀 더 안전할 것 같았지만 막상 열어보니 그렇지도 않았습니다. 1층은 2층보다 더 안과 밖의 경계가 없는 곳이었습니다. 화장실을 찾는 사람, 잡상인, 길을 묻는 사람, 시주를 받으러 다니는 스님, 전도하러 온 교인, 사이비 전도단, 밤이 되면 거리를 헤매는 취객들까지 온갖 종류의 사람들이 낮부터 밤까지 너무나 편안하게 서점 문을 열었습니다(물론 진짜 손님들도 많아졌지만요).

저는 여전히 언제 닥칠지 모르는 위험 앞에서 불안을 숨기며 버텨내고 있습니다. 가짜 손님의 무례한 행동보다는 진짜 손님들이 전하는 다정한 마음을 기억하려 노력하고, 다양한 책의 존재를 보다 많은 이들에게 알리려고 애쓰며, 사람들에게 휴식의 공간을 선물하기 위해 하루하루 서점을 기꾸니기면시요.

내가 웃는다고 당신을 좋아하는 게 아닙니다. 나는 당신이 책을 사줘서 고마웠을 뿐입니다. 그리고 상대의 동의 없이 일방적으로 타인의 신체를 주시하는 행위는 시선 강간입니다. 당신이 다시 온다면 나는 이런 말들을 꼭 하고 싶었습니다. 하지만 우리 다시는 보지 않았으면 좋겠습니다. 당신이 착각의 늪에 빠져서 세상 밖으로는 헤어나오지 못하길 바랍니다.

당신 덕에 친절함을 잃어버린 사장 드림

주인집 할머니께

할머니, 안녕하세요. 저는 301호 세입자 새댁입니다.

할머니는 늘 저를 "301호야, 새댁아"라고 부르시곤, 제가 "네" 하고 답하면 아기는 아직이냐고 물으시죠. 할머니 연세가 많다는 사실은 잘 알고 있지만요. 요즘 그런 질문은 조금 실례입니다. 젊은 사람들은 사적인 질문을 껄끄러워하거든요. 어른 말씀이니 처음 몇 번은 그냥 웃으며 넘어가려고 했는데 제 얼굴을 볼 때마다 같은 말씀을 꺼내시니 제가 좀 많이 난처합니다.

저는 결혼한 지 5년 차입니다. 그러니까 이제 새댁은 아니고 중고댁 정도라고 해야 할까요? 우리 사회의 가족 개념 변화를 주제로 다룬 한 기사의 통계 자료에 따르면 기혼

여성의 29.8퍼센트가 "아이를 낳을 계획이 없다"라고 밝혔다고 합니다. 또한 한 취업포털사이트에서 2030 미혼 남녀를 대상으로 진행한 설문에서는 응답자의 44퍼센트가 딩크족을 계획한다는 자료를 제시했습니다. 다시 말해 할머니 댁 빌라에 사는 저와 같은 친구들 상당수가 아이가 없고, 앞으로도 없을 계획이라는 말이죠.

제가 처음부터 아이가 없는 가정을 꿈꿨던 것은 아닙니다. 어렸을 적엔 저도 남들처럼 자식 둘을 낳아 남편과 화목하게 사는 4인 가정을 꿈꿨습니다. 그런데 사회에 나와 다양한 가족의 형태를 경험하면서 생각이 달라졌습니다. 더구나 자녀 교육 문제 및 경제적 부담으로 고충을 겪는 회사 선배의 이야기를 전해 들으며 부모가 된다는 것이 그렇게 행복한 일만은 아니라는 사실을 깨달았습니다. 또한 저보다 일찍 결혼한 친구를 통해서 출산 후 한 여성의 삶이 어떻게 사회에서 고립되어가는지 생생히 지켜봤지요. 저보다 먼저 임신과 출산, 육아를 경험한 주변 여성들을 보면서 아이를 만나기 위해서는 생각보다 많은 준비가 필요하다는 사실을 배웠고, 사랑과 열정만으로 삶에서 벌어지는 모든 문제를 해결하기 어렵다는 사실을 깊이 깨우치며 현실적인 어른이 되어갔습니다.

부모가 될 준비를 하지 못한 채 부모가 된 사람들 밑에서 아이들이 어떻게 방치되는지도 알 수 있었습니다. 그런 가정에 속한 아이들이 건강한 환경에서 자라지 못할 뿐 아니라 학대받고 죽음에 이르는 사례를 뉴스에서 심심치 않게 보았으니까요. 요즘엔 강아지 한 마리를 키우더라도 책임감을 가져야 하며 반려동물을 건강하게 돌볼 수 있도록 지식도 필수적으로 갖춰야 합니다. 그러니 사람을 낳고 키워낸다는 것은 그보다 더한 준비가 필요한 일이겠지요.

사회생활을 하다 보면 어떤 날은 안하무인처럼 구는 사람들 때문에 한숨을 내쉬다가도, 또 어떤 날은 태도와 마인드가 너무나 반듯한 사람을 만나 감탄합니다. 사람의 성품이 오직 부모의 양육 방식으로만 결정된다고 생각하진 않지만 가끔은 그런 사람들이 자라온 환경이 궁금해지더군요. 아마 제가 출산을 원하지 않아도 그만큼 양육에 무게감을 느끼고 있기 때문일 테죠. 원하지는 않지만 하게 된다면 잘하고 싶은 그런 마음이요. 잘하지 못할 바엔 시작하고 싶지 않다는 그런 마음이요. 단순히 자유를 위해서가 아닙니다.

가끔 제가 어른들에게 이런 고민을 털어놓으면 대부분 "우리 때는 그런 거 모르고도 잘 키웠다" 혹은 "알아서 잘 크니까 쓸데없는 걱정마라"라고 대답하시는데, 사실 저를 비롯한 제 주위의 많은 친구들이 알아서 클 줄 알았으나 제대로 자라지 못했습니다. 우리는 저마다 상처를 안고 살아갑니다. 마음의 문제로 괴로워하는 성인들의 상당수가 그 원인을 부모님과의 관계에서 찾습니다. 삶의 전반을 지탱해주는 지반인 자존감 역시 어릴 적 부모님의 태도로 형성되는 경우가 많습니다. 다만 부모님도 어렸고 미숙했다는 사실을 이해하기에 그때의 상처를 꺼내지 않은 채 어른으로 살아가고 있을 뿐입니다.

모든 것을 덮어둔 채 이전 세대의 삶을 답습하며 살아가기엔 이제 저는 너무 많이 알고, 너무 많이 배웠습니다. 배움 얘기를 꺼내자니 그런 말도 생각이 나네요. '요즘 젊은 애들이 애를 안 낳는 이유는 여자가 공부를 해서'라는 말이요. 여자들이 공부를 하고 학교를 다녀서 아이를 안 낳게 되었다니. 이처럼 황당한 말이 또 있을까 싶지만 완전히 틀린 말은 아닐지도요. 배우다 보니 아이를 안 낳는 삶을 선택할 수도 있음을 깨달은 것이니까요. 그럼 이전 세대의 여자들은 왜 배우지 못하였나요? 왜 삶을 선택할 수 있다는 것을 몰랐나요? 그런 삶은 누가 만들었나요?

맞습니다. 이제 저희 세대는 남자든 여자든 똑같이 배움의 기회를 얻고 자신의 삶을 선택할 수 있다는 사실을 알고 있습니다. 그래서 현재도 미래도 저희 방식대로 선택하는 것뿐입니다. 배움으로 변화된 여성의 삶 중 또 다른 특징은 직업을 가질 수 있다는 점입니다. 젊은 세대는 부모 세대보다 치열하게 공부해서 대학을 졸업한 후 훨씬 더 혹독한 경쟁을 거쳐 회사에 들어갑니다. 어렵게 취업에 성공한만큼 사회에서 살아남기 위해 부단히 애를 쓰며 살아갑니다. 그런데 그 치열한 사회에서 똑같이 공부하고 노력해온선배 여성들이 결혼을 하고, 출산을 하고, 양육을 시작하는순간 서서히 현장에서 사라집니다. 사회는 그들을 위한 책상을 더 이상 마련해주지 않고 그들의 처지를 고려해주지도 않습니다. 자신의 자리를 되찾지 못한 여성들은 사랑하는 사람들을 위해 커리어를 잠시 내려놓았던 과거의 선택을 후회합니다. 그런 모습을 목격하는 후배 여성들은 미래자신의 위치를 고민하기 시작합니다. 지금 아무리 열심히일해도 미래에는 이 모든 것이 물거품이 될 수도 있다는생각에 두려움을 느낍니다.

물론 아이를 낳으면 행복할 수 있겠지요. 하지만 그 행복을 얻기까지 감수해야 하는 것들을 고민해봐야 한다는 말입니다. 첫째로 경제적인 비용입니다. 2017년 한 금융 기관에서 부부가 자녀 한 명을 낳아 대학을 졸업할 때까지 들이는 비용을 연구한 결과 그 수준이 4억에 다다른다고 발표했습니다. 성인 한 명도 자기 삶을 건사하기 어려운 이 세상에서 부부 두 명이 그 큰 비용을 감당해야 하는 것이지요. 이런 상황에서 출산과 양육에 대한 경제적 부담이 저출산 현상의 큰 요인으로 작용하는 것도 과하다고는 할 수 없겠죠.

두 번째로, 아이가 생긴 부부는 시간적으로 빈곤해집니다. 아이가 없는 부부는 여유 시간을 친구나 가족을 만나는 데 할애하거나 배우자를 위해, 혹은 자신을 위해 사용합니다. 그렇지만 양육을 시작한 부부는 모든 시간을 돌봄에 쏟아야 하지요. 저는 아직 제 시간을 선뜻 포기하기가 어렵습니다. 성인이 되고 경제적으로 독립하기 위해 쉼 없이 달려오느라 저만의 시간을 갖게 된 지 얼마 되지 않았습니다. 쉬는 날까지 일하며 경력을 쌓아오던 저는 결혼을 통해 마침내 독립된 공간을 갖게 되었고, 그렇게 30대가 되어서야 여가 생활을 제대로 즐길 수 있었습니다. 여가 생활을 제대로 영위하려면 시간도 시간이지만 경제적으로도 약간의 여유가 필요하니까요. 이제야 취미다운 취미를 즐기고 자기계발에 힘을 쏟으며 성취감을 맛보게 되었는데 그 시간을 육아에 빼앗긴다고 생각하니 여러모로 아쉽더라고요. 나 하나만을 위한 시간을 갖는다는 것이 이토록 어려운 일인지 몰랐습니다. 때로는 그 마음이 사치이고 욕심인가 싶어 내가 너무 이기적인 사람이 아닐까 자책하게 되더라고요. 하지만 이 모든 바람이 그저 개인의 욕심일까요?

할머니, 다른 것들을 떠나 저는 그런 생각도 합니다. '지금 아이들은 행복할까?'라는 생각이요. 제가 만난 20대 청년들은 대부분 스스로의 삶을 불행하다고 느꼈습니다. 겉으로는 성인이 되어 자유를 얻고 삶을 즐기는 듯 보였지만 불 꺼진 방 안에서는 밤새 핸드폰을 들여다보며 끊임없이 자신과 타인을 비교하고 불확실한 미래를 곱씹으며 불안해하고 끊임없이 노력해도 나아지지 않는 현실에 큰 좌절감을 느끼며 살아가더라고요.

그럼 10대는 행복할까요? 날이 갈수록 교실에 학생 수는 줄어드는데도 경쟁은 심화되었고, 아이들은 학업 성적뿐 아니라 부모의 지위, 재산으로 그룹을 나누어 차별을 주고받습니다. 보호자의 눈길이 닿지 않는 곳에서 학교 폭력, 청소년 범죄 등 온갖 위험에 노출되기도 해요. 자신이 무엇을 원하는지 고민하지 못한 채 부모가 혹은 사회가 원하는 사람이 되기 위해 매일매일을 살아가는 것 같아요.

이제는 갓 태어난 아기들도 마스크를 쓰고 살아야 하니 미래가 썩 희망적이지만은 않네요. 저는 이 사회에서 아이들이 마냥 행복해 보이지 않아요. 제 아이에게 태어나게 해줘서 고맙다는 말을 못 들을 것 같아요. 그래서 더 겁이 나요. 소중한 아이에게 들을 원망의 말이요.

할머니, 젊은이의 삶은 생각보다 복잡해요. 할머니께도 제가 겪지 못한 삶이 있겠지요. 하지만 저 역시 마찬가지예요. 저에게도 할머니가 겪지 못한 삶이 있어요. 그러니 제 자궁엔 이제 그만 관심 가져주세요.

아기는 없어도 분리수거 날짜는 꼭 지키는
301호 새댁 올림

추억이 영원할 순 없나 봐, V에게

우리의 스물은 '참 열심히도 놀았다'라고 정리할 수 있겠다. 금요일이면 밤새 클럽에서 놀다가 첫차를 타고 집으로 돌아와 하루 종일 잠만 자던 시절이었지. 나야 그때는 술에 미쳐서 아침까지 마셔댔다지만, 너는 술도 못 마시면서 어쩜 그리 맨정신에도 잘 놀았는지 모르겠다. 지금은 정말 까마득한 옛날이야기처럼 느껴질 만큼 세월이 지났어. 그렇게 붙어 다니던 우리 사이가 소원해진 건 언제부터였을까? 너는 아니라고 생각할지 모르겠지만, 나는 꽤 오랜 시간에 걸쳐 차츰차츰 너와 멀어진 것 같아.

우리 중 가장 먼저 사회생활을 시작한 탓인지 너는 또

래보다 이른 나이에 결혼했지. 아이를 낳은 후에도 커리어를 포기하지 않으면서 '슈퍼워킹맘'으로 살아가는 네가 나는 언제나 존경스러웠어.

그런데 언제부턴가 너는 자꾸만 친구들의 삶과 네 삶을 비교하더라. 내가 남편과 오랜 기간 해외여행을 다녀왔다고 말했더니 "자식이 없으니 그런 여행도 다닐 수 있겠네"라고 대답하고, 일로 성공해서 명성을 얻고 싶다는 친구에게 "그러면 결혼은 언제 하냐"고 되묻고, 독립 후 삶이 너무 만족스럽다며 평생 비혼으로 살겠다는 친구에게 "혼자 벌어 혼자 쓰니까 돈은 잘 모으겠네"라며 부럽다고 했잖아. 맛집을 찾아다니거나 여행을 가거나 쇼핑을 하는 친구들의 정말 소소한 일상 생활을 들을 때마다 매번 자유로워서 좋겠다고, 네 돈 네가 쓰니까 재밌겠다고, 아무 데나 다니고 아무거나 먹을 수 있어서 즐겁겠다고 푸념하길래 처음에는 너에게 위로가 필요한 줄 알았어. 육아 생활이 많이 답답한가, 직장을 다니는 게 힘든가. 그런데 나의 위로는 너에게 별로 와닿지 않았는지 너는 계속 타인의 삶을 부러워하면서도 은근히 깎아내리더라. 위로가 위로가 되지 않고 "좋겠다"라는 단순한 반응만 반복되니 나도 점점 피곤해졌어. 그때부터 나는 너에게 거리를 두기 시작했는지 몰라.

언제부턴가 우리의 카톡방에 우리의 이야기는 없었어. 알맹이 없는 대화들만 오고 갔지. 얼굴도 기억 안 나는 고등학교 동창의 험담이라든가 연예인 가십거리 같은 것들 말야. 네가 단톡방에 누군가의 안 좋은 소문을 오락거리처럼 공유하거나 자극적인 기사를 발 빠르게 옮길 때마다 나는 한 발자국씩 너에게서 멀어졌어.

　나는 서서히 너와 더 이상 나눌 대화가 없다는 사실을 깨달았어. 이슈에 따라 반응하는 너의 태도도 너무 달랐지. 너는 어린이집과 관련된 사건들은 하루에도 몇 번이고 청원해달라고 링크를 공유하면서 다른 친구가 문제 삼는 환경, 젠더 이슈에는 아무 반응을 보이지 않더라. 우린 점점 다른 곳을 향해 걷고 있는 것 같아.

　밤을 새우며 같이 놀던 우리가 이제는 삶의 방향도, 가치관도 달라져버렸어. 언젠가 어느 지점에서 다시 만날 수도 있겠지만 그게 지금은 아닌 것 같아. 내가 너의 기회를 뺏은 것도 아닌데 내가 누리는 자유에 질투를 느끼는 네 모습이 이해가 가지 않아. 지금 너의 삶은 네가 선택한 거잖아. 너는 네 아이들이 되도록 건강한 음식만 먹었으면 하는 마음에 조금 멀더라도 유기농 채소를 파는 마트를 이용하지.

집 근처에 더 저렴한 가격의 일반 작물을 판매하는 마트가 있는데도 말이야. 너는 그런 수고로움을 감수할 만큼 사랑하는 아이를 낳고 기르는 삶을 원했던 거잖아. 다른 선택지가 없었던 것은 아니잖아. 일찍 결혼한 것도, 아이를 낳은 것도, 직장을 다니면서 아이를 키우는 것까지 모든 것이 지금의 너를 만든 너의 선택이잖아.

물론 네가 많이 힘들다는 것 알아. 아니, 어쩌면 안다는 말은 거짓말이야. 나는 너의 삶을 경험해보지 못했으니까. 그저 막연히 힘들겠거니 하고 짐작할 뿐이야. 그래서 너에게 고민이 생길 때마다 묵묵히 들어주고 너의 감정을 위로하려 노력했어. 너 역시 마찬가지로 나의 삶을 다 알 순 없잖아. 내가 얼마나 슬픈지, 기쁜지, 외로운지, 행복한지. 모두에게 저마다의 슬픔이 있겠지. 저마다의 어려움과 괴로움이 있고, 저마다의 행복이 있겠지. 우리는 결국 서로에게 완벽한 타인이기에, 서로의 삶을 감히 다 알 수 없기에 함부로 평가할 수도 없는 것 아닐까?

작은 선택 하나로 인생이 완전히 달라지기도 하지. 우린 지금에 오기까지 서로 다른 선택을 했을 뿐, 누구도 애틋하지 않은 삶은 없어. 결국 삶은 각자의 모습으로 고달프고 각자의 모습으로 행복한 것이니까. 더 이상 타인의 삶을 네 기준에 맞춰 판단하지 않았으면 좋겠고 내 삶을 네 삶과 비교하면서 은근히 깎아내리지 않았으면 좋겠어.

우리는 어쩌다 이렇게 달라진 걸까? 우리는 어떤 선택으로 서로 다른 길로 들어온 걸까? 너는 정말 육아를 하면서 불행해진 걸까? 만약 그렇다면 마음이 아파. 네가 너를 잃어버린 것만 같아서. 네 안의 이야기는 점점 비어가고 너의 바깥에 잘 알지도 못하는 사람들의 이야기로만 네 삶이 채워지는 것 같아서. 그럴 때면 우리 엄마의 일기장이 생각나. 예전에 다락에서 우연히 돌아가신 엄마의 노트를 발견했어. 두꺼운 스프링 노트였는데, 절반쯤 채워진 페이지에 이렇게 쓰여 있었어.

'소예는 매일 운다. 잠도 잘 자지 않는다. 언제까지 이런 메마른 생활을 이어나가야 하는 걸까?'

모든 문장이 생각나는 건 아니지만 저 세 문장만큼은 아직도 또렷하게 기억나. 엄마는 그때 나를 돌보면서 많이 지쳤던 것 같아. 자신의 삶을 메말라 있다고 표현한 것이 나를 꽤 아프게 했어. 지금도 그 시절 엄마의 삶을 상상하면 손과 입이 마르는듯해. 어떤 심정으로 저 일기를 썼을까,

내가 미웠을까? 엄마는 나를 낳고 후회했을까? 엄마가 살아 있다면 어떤 마음으로 그 글을 썼는지 물어볼 수 있었을 텐데 말이야.

생기 넘치던 네가 점점 빛을 잃어가는 것처럼 보일 때 나는 엄마가 떠오르곤 해. 그래서 네 모습을 지켜보기가 조금 버거운지도 모르겠어. 나는 네가 누군가의 아내가 되고 누군가의 엄마가 되어서도 매일 가고 싶은 곳이 있고 하고 싶은 일이 있었으면 좋겠어. 남편이나 아이들 때문에 많은 것을 포기했다며 지난 선택들을 후회하지 않으면 좋겠어. 네가 너를 잃고 삶이 점점 더 메말라간다고 느껴진다면, 그땐 전화해줘. 네가 하고 싶은 것이 무엇이고 가고 싶은 곳이 어디이든 내가 함께 해줄게.

누구보다 네가 행복했으면 좋겠어. 너의 방식대로.
온 마음을 다해 너의 행복을 위해 기도해.

추억은 여전히 공유할 수 있는 너의 친구가

베스트셀러를 찾는 손님들에게

예전에 이동진 평론가가 한 TV 강연에서 청중들에게 물었습니다. "베스트셀러는 왜 잘 팔릴까요?" 뒤이어 그는 설명했습니다.

"잘 팔린다는 이유로 잘 팔립니다."

맞습니다. 이상하게도 서점을 찾는 손님들은 주로 베스트셀러 매대에서 책을 구입합니다. 많이 팔린 책을 많이 삽니다. 비단 책뿐만 아니라 다른 물품을 구매할 때도 사람들은 인터넷에서 인기순으로 상품을 구경하고 그 안에서 구매를 결정합니다. 저는 물건이든 책이든 다 덤벼보고 저에게 맞는 것을 찾는 편인데, 생각보다 많은 사람들이 그렇지 않다는 사실을 서점 일을 하면서 실감했습니다.

저 역시 베스트셀러를 자주 구경하고 직접 사서 읽기도 하지만 서점에 가면 신간 매대와 평대가 아닌 책꽂이에 꽂힌 책들을 오래 들여다보는 편입니다. 누군가는 제가 서점을 운영하니까 안 팔리는 책들에 관심을 가진다고 생각할지 모르겠지만 서점 주인이 되기 전에도 그랬습니다. 저에겐 주목받지 못하는 비운의 작품이나 신인을 애정하는 요상한 마음이 있는 것 같습니다. 그래서 아무도 모르게 저 혼자 좋아하는 책이 많았습니다.

저희 책방을 찾으시는 분들은 자주 묻습니다. "여기서 제일 잘 나가는 책이 뭐예요?" "베스트셀러 있나요?" 하지만 저는 베스트셀러에 해당하는 책을 웬만해선 잘 들여놓지 않는 편이고, 저희 책방에서 가장 많이 팔린 책의 순위도 공개하지 않습니다. 순위를 만들어놓으면 손님들은 그 숫자에 매료되어 책을 찬찬히 들여다보는 과정을 생략하고 바로 구매를 결정하시더라고요. 하지만 책 속의 좋은 문장을 옮겨 적어 책 앞에 꽂아두거나 제가 읽으면서 마음에 와닿았던 대목을 SNS에 소개하면 평점을 몰라도 그 책을 선택하는 분들이 많아집니다. 그래서 저는 저희 책방에 들어온 책만이라도 골고루 팔릴 수 있도록 소개에 공을 들입니다.

한 독립출판물이 동네서점 사이에서 입소문이 나 열심히 팔리기 시작할 무렵의 일입니다. 그날따라 그 책을 찾는 손님들의 전화가 이어졌습니다. 그간의 경험상 동일한 책이 있는지 묻는 전화가 하루에 세 통 이상 온다면 그 책은 분명히 대박 나는 책입니다. 《죽고 싶지만 떡볶이는 먹고 싶어》가 그랬고, 《일간 이슬아 수필집》이 그랬습니다. 세 번째 전화를 받자마자 작가님께 스무 권을 더 보내달라는 메일을 보냈습니다. 초기 입고된 물량은 예상대로 그날 전부 소진되어서 저는 작가님의 답장을 기다리며 그 책을 찾는 손님들의 전화에 응대하고 있었습니다. 그런데 한 손님이 물었습니다.

"아, 여기에도 없어요? 근데 그 책이 그렇게 재밌나요? 왜 이렇게 유명해요?"

잘 나가는 책이 생기면 손님들 중 한 분은 꼭 이렇게 묻습니다. 그때마다 저는 제 나름대로 이유를 찾아 대답합니다. 이 책은 이러한 부분이 매력이라고요. 그런데 가끔은 이상하다는 생각이 듭니다. 독자가 책을 사고 싶도록 잘 소개해서 파는 것은 책방 주인의 역할이지만, 왜 이 책을 사고 싶은지 마음의 결정권은 독자에게 있어야 하는 게 아닐까? 이 손님은 왜 이 책을 사고 싶은 걸까? 단지 유명해서 사고 싶은 건가? 영화도 평점 따라 관람 여부를 결정하는 것처럼 책을 구매할 때도 다수의 검증이 필요한 걸까? 그런 마음이 든다는 말이죠.

저는 책뿐만 아니라 무엇을 소비하든 자신만의 취향을 만들어가는 일이 중요하다고 생각합니다. 유명한 책, 많이 팔리는 책이 꼭 나에게 '인생 책'이 되란 법은 없거든요. 내가 좋아하는 것이 무엇인지 꾸준히 탐색하는 시간이 필요합니다. 그렇게 취향을 만들어가야 합니다. 문장 하나가 가슴에 꽂혀 책을 살 수도 있고, 책을 추천해준 사람에 대한 신뢰로 그 책을 살 수도 있고, 내가 관심 있는 주제를 다뤄서 그 책을 살 수도 있고, 나와는 너무 다른 생각을 가진 저자라 그 책을 살수도 있습니다. 책을 구매할 이유는 다양하니 그 이유가 무엇이든 자신만의 기준으로 선택했으면 좋겠습니다.

사실 무슨 책이든 많이 팔린다면 서점 주인으로서는 기쁜 일입니다. 그러니 베스트셀러가 팔리든, 우연히 스타가 언급해서 실시간 검색어에 오른 책이 팔리든 책만 팔리면 그만이라고 생각할 수도 있겠죠. 하지만 하나의 책이 폭발적인 반응을 얻게 되면 그 시기에 함께 존재하는 다른 책들이 주목받지 못하게 됩니다.

좋은 책이 잘 팔리니까 그거면 됐지 싶다가도 관심받지 못하는 책들을 보면 어딘가 마음 한구석이 불편합니다. 잘 나가는 책들은 꾸준히 재입고를 하는데, 그러다 보면 몇 달째 헌 자리를 지키는 책들은 장식용이 되어가는 듯해 일부러 도서 위치를 바꿔두기도 합니다. 모든 책이 다 빛나길 바라는 작은 서점 주인의 욕심일지도 모릅니다. 설령 욕심이라 할지라도 저는 여전히 모든 책이 자신만의 빛을 내어 그 가치를 알아봐주는 사람들 손에 건네지길 바랍니다. 화려한 무대 뒤에 그림자 진 녀석들이 없도록.

이러한 이유로 저희 서점 '관객의취향'에 취향은 존재하지만, 베스트셀러는 존재하지 않습니다. 죄송합니다. 베스트셀러를 사시려거든 대형서점과 인터넷 서점을 이용해주세요.

3개월째 안 팔리는 책의 먼지를 털어내며
작은 서점 주인 올림

코스트코 고객님께

이 편지는 저로부터 시작된 반성입니다. 저는 일주일에 두 번 버스를 타고 서점에 출근합니다. 가끔 운이 좋아빈자리가 생기면 창가에 앉곤 하는데, 그럴 때면 늘 창밖을 바라보며 이런저런 사색에 빠져듭니다.

제가 타는 버스는 세 개의 아파트 단지와 세 개의 초등학교 그리고 두 개의 유치원을 지나치는 노선입니다. 그러다 보니 자연스레 아이를 유치원이나 초등학교에 보내는엄마들을 보게 됩니다. 저의 시선으로는 그녀들이 매우 지쳐 보였습니다. 그래서 종종 안쓰러운 눈길을 그들에게 보냈고요. 하지만 문득 그런 생각이 들었습니다. 내가 저들에대해 뭘 안다고 '불쌍한 엄마'라는 프레임을 씌워놓고 동정하는 것인가, 말 한마디 섞어보지도 않은 채 품는 동정심은 지나친 무례다.

저 역시 선생님께 함부로 동정받아 불쾌했던 기억이 있는데, 그런 제가 남에게 비슷한 무례를 범했네요. 선생님은 "이 동네에 처음 와봤는데 여기에도 이런 책방이 다 있네"라고 하시며 저희 책방으로 들어오셨지요. 책은 안 보고 동네 얘기만 하시길래 책에는 관심이 없나 보다 했습니다. 그런데 선생님이 음료 한잔을 주문하시더니 "책방 이거 돈이 안 되서 커피 파는 거죠?"라고 물으셨습니다. 초면에 기분은 상했지만 저는 그냥 그러려니 하며 넘어갔습니다. 하지만 대화는 거기서 끝이 아니었습니다.

"다른 책방들도 이것저것 많이 팔더라고. 책만 팔아서 얼마나 남겠어요. 그쵸?"

자꾸 결론을 내리고 질문하시니 제가 어떻게 반응해야 할지 모르겠더라고요. 그 와중에 다양한 책방 이름을 거론하는 것을 보아 책방에 관심이 많은 분인 것 같기는 했습니다. 그러다 선생님이 제게 책을 세 권만 골라달라고 하셔서 ('나야 뭐 책이나 팔면 되는 거지' 하는 마음으로)관심사를 묻자 "여기 특색에 맞게 알아서 골라줘요"라고 하시더라고요. 사실 저는 이때부터 기분이 나빴습니다. 마치 선생님이 제게 선심을 쓰는 것 같기도 하고, 저를 테스트를 하는 것 같기도 해서 언짢은 마음이 들었거든요. 하지만 자영업자라는 것이 원래 극한 직업 아니겠어요? 저는 이제 개인적인 감정보다는 매출이 중요한 생계형 인간이 되었으니 꿋꿋이 세 권의 영화 책을 골라냈습니다. 선생님께서는 책은 펼쳐보시지두 않으시구 "커피까지 다 해서 얼마예요? 일부러 비싼 책만 고른 건 아니죠?"라는, 듣는 사람 웃음기 사라지는 마른 유머를 선사하시며 제게 카드를 내미셨습니다.

선생님이 내민 카드에는 '코스트코'라고 쓰여 있었습니다. 순간 '멤버십 카드인가?'라는 생각이 머리를 스쳤지만 요즘엔 카드사와 대형 마트가 제휴를 맺어 신용카드를 발급하는 경우도 많으니까 그런 것이겠지 싶어 우선 리더기에 카드를 긁었습니다. 그런데 리더기 화면에 카드를 읽을 수 없다는 오류 메시지가 뜨더라고요. 한 번 더 시도했지만 여전히 인식이 되지 않아 "다른 카드 없나요? 인식이 안 되어서요"라고 말씀드렸습니다. 그러자 선생님께서 카드를 받아들고 외치셨죠.

"아니, 이건 코스트코 카드네! 아이고, 사장님. 아무리 예체능 전공했다지만 코스트코도 못 읽어요?"

아니, 여기서 예체능 이야기가 왜 나오나요? 제가 저무시하라고 영화 찍다가 영화책방 열었다는 정보를 드린게 아닐 텐데요? 선생님 정말 그러시는 거 아닙니다. 아무리 제가 손님들이 사 가는 책값으로 밥 먹고 살아간다 해도구걸해서 받아내는 돈도 아닌데 말입니다. 제가 선생님께제발 책 좀 사달라고 했나요? 물론 SNS로는 가끔 그런 소리를 하지만요. 아니, 그리고 예체능 전공하면 영어 못 읽습니까? 저희 세대는 유치원 때부터 영어 배웠습니다. 해외여행도 꽤 다녀봤고, 외국인 친구도 있고, 영문 자료 읽으며일도 했습니다(이렇게 유치하게 따지니까 정말 유치한 인간이 된것 같아 싫지만). 손님이 카드를 잘못 줬을 리 없다고 생각해'제휴 카드겠지' 하고 넘어간 것까지 구구절절 설명해야합니까? 카드 한번 잘못 긁었다고 제 존재가 어디까지 깎여야 합니까.

당시에는 너무 어이가 없는 데다 제가 감정을 그리 잘숨기는 사람도 못 되어서 아마 정색하고 계산을 마무리했던 것 같습니다. 그 후 다시는 선생님을 뵙지 못하였으니까요. 그런데 달리는 버스 안에서 지나가는 엄마들을 보고 동정하는 저 자신을 돌아보다 문득 선생님이 떠올랐습니다. 제가 정말 선생님과 다른 사람인가 하고요.

저는 영화사에서 근무하던 시절부터 책방 주인이 된 지금까지도 남들에게 직업을 소개하면 "로망이에요" "멋있어요"라는 소리를 많이 들었어요. 누군가의 로망이 저의 현실이라는 사실에 때로는 우쭐해졌다가 또 때로는 비참해집니다. 그래서 저는 겪어보지 않은 삶에 거리를 두려고 노력합니다. 타인의 현실을 저의 섣부른 환상이나 정의로 재단하고 싶지 않아서요. 타인의 삶은 결코 그 이면을 알 수 없으니까요. 단지 책을 읽고 기회가 생길 때마다 이야기를 들으면서 조금씩 이해해보려고 애쓸 뿐입니다.

선생님도 그렇게 살아야 한다고 제가 주제넘게 가르치려 드는 것은 아니지만요. 그래도 이 말만은 꼭 전하고 싶습니다. 선생님, 다른 책방에 가서는 그러지 마십시오. 가장 비싼 책을 사신다고 하더라도 '내가 돈을 쓰니까 너희가 좀 살만하지?'라는 태도는 하나도 안 고마워요. 가장 싼 책 한 권을 사가도 선물 열 개를 챙겨주고 싶은 손님도 있습니다. 그 손님이 선생님은 아니었네요.

덕분에 오늘도 저는 영어 공부를 열심히 합니다.

선생님. 나중에 다시 오시면 우리 영어로 대화해요.

살면서 코스트코 세 번 가본

예체능 전공자 올림

언니에게

언니, 오래전 언니가 보낸 메시지에는 답장하지 못했는데 이제 무슨 말이든 쓸 용기가 생겼어요. 영화 〈달콤한 인생〉에 그런 명대사가 나오죠.

"저한테 왜 그랬어요?"

이게 제가 언니한테 하고 싶은 말이에요. 그 당시에도 수십 번 물었던 말. 도대체 나한테 왜 그래요?

저는 언니를 믿고 따랐어요. 어딜 가나 첫째 역할을 도맡아 했던 저는 친구들 사이에서 대체로 고민을 들어주고 상담해주는 사람이었는데, 언니를 만나고 난 후 타인과 나누지 못했던 고민을 털어놓고 위로받을 수 있어서 정말 좋았어요. 제가 낯을 많이 가리는 탓에 사람에게 마음을 빨리 터놓는 편이 아닌데 언니와는 정말 급속도로 가까워졌죠. 그건 언니의 매력이 그만큼 뛰어났기 때문일 거예요. 언니는 누구든 쉽고 편하게 다가갈 수 있는 친근한 성격이었으니까요. 언니는 친구, 동생 할 것 없이 누구나 잘 따르는 최고의 '인싸'였으니까요.

어느 순간 저는 언니의 친동생이었던 제 친구보다 언니와 더 가까워졌고 더 많은 이야기를 나눴어요. 언니에게 정말 많은 도움을 받았고 그만큼 저도 고마움을 많이 표현하려고 애썼어요. 그런데 갑자기 언니가 한순간에 차갑게 돌아서버렸죠. 거의 10년이 다 되어가는데도 저는 여전히 이유를 알지 못해요.

언제부턴가 언니가 저를 보면 정색하고 자리를 피했어요. 그리고 언니와 함께 대화를 나누던 사람들은 제가 다가가면 입을 다물었죠. 제가 사람들과 한참 이야기를 나누고 있으면 언니는 우리 쪽으로 와서 대화의 중심을 다시 언니로 바꾸거나 그 사람들을 전부 데리고 자리를 옮겼어요. 맞아요. 언니는 저를 따돌렸어요. 저는 학창시절에도 당해본 적 없는 왕따를 스무 살이 넘어서 처음 당했어요. 가장 좋아하는 언니였기에 처음에는 언니가 저를 무시한다는 사실을 인정하지 않았어요. 언니가 저에게 화가 난 이유를 알고 싶었고, 제가 사과하면 오해가 풀려서 이전과 같은 관계로 돌아갈 수 있을 거라고 생각했죠. 그래서 저는 언니에게 몇 통의 편지를 써서 친구 편에 보냈어요. 하지만 답이 돌아온 적은 한 번도 없었고 언니는 계속해서 냉랭하게 저를 대했어요.

갖은 노력에도 우리 사이에 아무 변화가 없자 저는 슬슬 지쳐갔고 결국 포기해버렸어요. 무엇보다 너무 무서웠어요. 따돌림을 당한다는 건 생각보다 더 괴로운 일이더라고요. 한 공간에 있는데 나만 없는 사람 취급하고, 은근하게 비난하면서 쪽을 주고, 분명 목소리를 내서 말하고 있는데 제 목소리만 허공으로 흩어지는 느낌. 당시 저는 모임에 언니가 온다는 소식만 들어도 가슴이 뛰고 눈물이 쏟아져서 아무것도 할 수 없었어요. 자연스럽게 저는 모임에서 빠지게 됐죠. 더 이상 제가 다치는 걸 참을 수 없었어요. 저는 저를 보호해야 했어요. 그래서 언니와의 관계를 놓아버리고 제 삶을 살기로 결심했어요.

긴 시간이 흘러 언니와 다시 인사를 나누게 된 건 언니의 아버지 장례식장에서였어요. 언니와 제 친구는 자매였기 때문에 친구를 조문하러 간 빈소에서 언니와 마주친 거죠. 세월도 많이 흘렀고, 제가 누군가를 오래 미워할 수 있는 사람도 못 되기에 과거의 상처는 묻고 용기 내어 언니에게 위로를 건넸어요. 짧은 인사를 나누고 조문을 마친 뒤 집에 돌아왔죠. 오랜만에 마주한 언니는 누군가의 아내, 엄마가 되었더라고요.

그런데 며칠 뒤 언니에게 SNS 메시지를 받았어요. 처음엔 조문 답례 문자인 줄 알았는데 자세히 보니 언니가 조문과 상관없는 장문의 글을 써서 보냈더라고요. 저는 그 글에 다시 한번 상처받았어요. 언니는 스스로를 용서했더라고요. 언뜻 보면 사과하는 내용처럼 보였지만 그 글은 들여다볼수록 지난날을 변명하는 내용으로 가득했어요. 내가 그때 왜 그랬는지 모르겠다고, 어려서 철이 없어 그런 것 같다고. 그리고 마지막에는 '내가 힘든 일을 겪을 때 네가 이렇게 찾아와준 것을 보면 너는 벌써 나를 용서했구나, 먼저 이해해줘서 고맙다'라는 문장이 쓰여 있었어요.

저는 언니를 이해하지도 용서하지도 않았어요. 그냥 그때 일을 가슴에 묻은 것뿐이에요. 그런데 언니의 그 메시지 하나가 다시 저의 옹졸한 마음속으로 불쑥 들어와 심장을 쑤셔대더라고요. 마치 따돌림을 당하던 시절로 돌아가 하루하루를 다시 살아가는 기분이었어요. 수치스럽고 외롭고 괴로운 감정들이 발밑에서부터 올라와 머리 위로 솟구치는 기분이었어요. 지난날 언니의 잘못을 탓하고 싶지 않아요. 하지만 적어도 그런 문자는 보내지 말았어야죠. '셀프 용서'라는 게 이런 경우를 두고 하는 말인가 봐요. 언니의 자신감 넘치고 유머러스하고 밝은 면을 사랑했어요. 저는 가지지 못한 긍정적인 에너지를 늘 부러워했어요. 그런데 이제는 그런 언니의 장점들이 도를 넘은 오만으로 보이네요. 언니를 용서할지 말지는 언니가 아니라 제가 결정할 거예요.

그런데 언니, 저는 예전만큼 언니가 밉지는 않아요. 시간이 약인가 봐요. 언니에게 메시지를 받은 지도 벌써 몇 년이 흘렀어요. 지금은 그때의 분노가 사라진 것 같아요. 물론 언니를 만나 아무 일도 없었다는 듯 차를 마시면서 살갑게 웃을 자신은 없어요. 그렇지만 길거리에서 마주친다면 안부 인사 정도는 건넬 수 있을 것 같아요. 미워하진 않을게요. 제가 사랑했던, 사랑하는 모든 이들의 행복을 바라기에도 이 삶은 너무 짧으니까요. 우리 억지로 어긋난 인연을 붙이려고 노력하지 말아요. 그냥 살던 대로 각자 알아서 잘 살아요.

한때 언니를 정말 좋아했던 동생이

가난한 예술가 선생님께

편지를 쓰려다 생각해보니 저는 선생님의 성함도 알지 못하네요. 혹시 제게 선생님 성함을 밝히셨던가요?

선생님을 뵌 건 책방을 열고 두 달쯤 지났을 때였나, 눈에 띄지도 않는 건물 2층까지 굳이 올라오는 손님들이 신기하고 고맙던 시절이었어요. 선생님이 방문하셨던 날 마침 제 친구가 책방 뒤편에 앉아 맥주를 마시고 있었던 터라 그나마 선생님이 주신 굴욕감을 가볍게 넘길 수 있었네요(운 좋으신 줄 아세요).

선생님은 책방에 들어오시더니 자신을 이 근처에서 활동하는 예술가라고 소개하셨죠. 처음에는 아늑하고 예쁘게 꾸며놨다며 인테리어를 칭찬하시길래 공간을 구경하러 오신 줄 알았어요. 그런데 선생님께서 본인이 클래스를 운영하는데 이 공간을 좀 쓸 수 없겠냐고 물으시더군요. 저는 대관 신청도 받고 있었기에 시간과 인원을 말씀해 주시면 대관비를 구체적으로 안내해드리겠다고 답했습니다. 그러자 선생님은 마치 못 들을 소리를 들은 사람처럼 "아니, 지역 사회를 위해 이 공간 하나 그냥 못 내줘요?"라고 저를 혼내듯이 말씀하셨죠.

저는 솔직히 너무 어이가 없고 당황스러웠지만 침착함을 유지하려고 애썼습니다.

"물론 좋은 취지의 모임이라면 제가 상황에 따라 무상으로 빌려드릴 수도 있지만 이곳은 기본적으로 상업 공간이에요."

제가 그렇게 설명하자 선생님은 "어차피 돈 벌려고 차린 거 아니잖아요? 그쪽도 예술하는 사람 아니에요?"라고 말씀하셨죠.

하 참…. (아니, 상업 공간이라는 뜻을 모르나? 돈 벌려고 차린 게 아니라면 이토록 젊은 내가 대체 여길 왜 차렸단 말인가?)

저는 선생님의 무례함에 적잖이 당황하였습니다. 하지만 선생님이 무슨 착각을 하셔서 그런 말씀을 하신 것인지는 알 것 같았습니다. 선생님뿐만 아니라 책을 좋아하는 이들에게 서점이란 낭만의 공간인지도 모르겠습니다. 저역시 책방 주인이 되겠다고 결심했을 때 그런 환상이 없었다고는 말할 수 없으니까요. 하지만 낭만으로 시작한 공간에서 살아남기란 그리 녹록한 일이 아니더군요. 만 원짜리 책을 팔아 수수료 빼고 이천 얼마를 남겨 서울에서 200만 원에 달하는 월세를 내는 일을 낭만이라는 이름으로 감당하기엔 조금 버거운 사치가 아닐까 싶습니다. 겉보기에 낭만적인 공간을 차렸다고 해서 그 속도 낭만적인 것은 아닙니다. 제게 이곳은 어디까지나 생계의 공간입니다.

책 팔면서 영화도 보여주고 글도 쓴다니까 저를 가난한 예술가처럼 생각하셨나 본데, 저는 잘 먹고 잘 자고 그렇게 무사히 하루하루를 넘기는 것을 최고의 행복이라 여기는 소시민입니다. 게다가 예술가는 꼭 배를 굶어야 하나요? 꼭 가난해야 하나요? 가난을 멋으로, 개고생을 성공 신화의 필수 조건으로 포장하는 것이 저는 싫습니다. 저는 수많은 예술 활동 중에서도 돈 많이 들기로 손꼽히는 영화를 만들던 사람입니다. 제작비가 부족하면 여러 사람이 혹사당하는 영화라는 세계가 그 바닥에선 낭만이고 일상이었는데 한 발자국 밖으로 벗어나니 그저 열정 페이와 노동 착취였습니다. 착취하는 사람도 착취당하는 사람도 무엇이 잘못되었는지 모르는 세계에서 저는 삶을 지키기 위해 발버둥 쳤습니다. 그러니 선생님의 '예술은 곧 가난'이라는 논리는 용납하기 어렵습니다. 저와 함께 글을 쓰고 길거리를 뒹굴며 영화를 찍던 한 친구는 돈이 없어 밥을 굶다가 세상을 등질 뻔했습니다. 그러니 다시 한번 묻겠습니다. 예술하는 사람이요? 예술하는 사람은 왜 가난해야하나요? 아무한테나, 설령 그게 처음 보는 사람이라도 요청만 하면 생계의 공간을 턱턱 내주는 사람이어야 하나요? 저에게 예술은 밥 먹여주는 삶 이후의 표현 도구입니다. 저의 생각과 삶을 보다 풍요롭게 만드는 가치이지, 삶 자체는 아닙니다. 꿈을 이루겠다며 배곯느라 애인에게 기프티콘을 받아가며 끼니를 때우던 시절도 있었습니다. 과거의 굴욕감을 그날 선생님께서 한 번 더 주셨습니다. 밥보다 중요한 건 제게 없습니다. 그러니 저에 대해 잘 알지도 못하면서 선을 넘지 말아주세요.

저는 책 잔뜩 팔아서 돈 많이 벌고 저금은 물론 재테크도 열심히 해서 건물 사고 집 사고 책도 영화도 평생 제값 내고 실컷 보면서 오래오래 행복하게 살고 싶습니다. 저를 한참 잘못 보셨습니다. 저는 출세욕으로 가득 찬 상인입니다. 그러니 제게 선생님의 가난한 예술을 강요하지 마세요.

출세욕 넘치는 예술가 올림

흠. 제법 예쁘게 꾸며진 공간이군요.

제가 클래스를 좀 열까 하는데 여기 공간을 쓸 수 있을까요~?

아, 네. 대관비는 얼마고요. 대관 조건은...

아!니! 뭐라고요?!!! 당신도 예!술!하는 사람이면서!! 도운을 내라고?!

지역! 사회를! 위해서!! 응?? 어차피! 돈 벌려고 차린 것도 아니잖아?

...

확... 들이받을까...?

189

선생님, 저도 이번에 내려요.
그러니까 제발 밀지 마세요.

너만 좁은 거 아니거든?
나도 지금 숨막혀.

팀장님은 말했다.

"여자가 사회에 나와 일을 하려면
또 다른 여자를 그 여자의 가정에서
분리시켜야 해. 웃기지?"

젠장, 여자의 자리를 메우는 게 결국 또 다른
여자인 거야. 우리는 언제까지 우리끼리
서로의 자리를 대신해야 하죠?

편지가 긴 것만 있으란 법은 없으니까
욱해서 쓴 쪽지 4

CHAPTER 3

삶의 문턱마다
곁에 있던 사람들

복순, 사랑스러운
나의 복순에게

너는 기억하지 못하겠지만, 네 고향은 경기도 여주 광대리야. 광대리에는 우리 외할머니 이봉순 여사님이 살고 이봉순 여사님의 앞마당엔 너의 엄마 무명이와 너의 할머니 인절미가 살지. 너의 이복 이모 이름은 쿠키고, 쿠키는 지금 광명에서 지내.

알고 있니? 너와 나는 다른 존재란다. 하지만 꼭 같은 존재끼리만 사랑을 말할 수 있는 건 아니야. 어쩌면 우리가 다른 존재이기 때문에 더 사랑할 수 있었는지도 모르지. 어쨌거나 너의 세계는 네 발로 이뤄져 있고, 나의 세계는 두 발로 이뤄져 있단다.

네가 나에게 오기까지 꽤 오랜 시간이 걸렸지. 하지만 나는 그 모든 시간을 줄곧 멀리서 지켜봤어. 시골 개의 운명은 기구해. 도시에선 개가 인간에게 학대당하는 일이 없도록 온갖 규범과 규칙을 마련하지만 시골에는 여전히 열악한 환경 속에 방치되어 구조가 시급한 개들이 많지. 너의 엄마 무명이는 이봉순 여사님이 꽁꽁 쳐둔 울타리 안에서만 지냈는데도 너를 갖게 되었나 봐. 너의 아빠는 미안하지만 아무도 정체를 몰라. 그 동네 난봉꾼들의 몇몇 이름만 오르내릴 뿐 증거가 없어.

절미와 무명이, 너와 네 동생 가을이. 너희는 모두 암컷이야. 말하자면 삼대에 걸친 여성들이지. 너희만 이봉순 여사님의 집에 남은 이유가 궁금하지 않니? 인간 세계는 괴상해서 성별을 나누고 차별해. 이봉순 여사님은 너와 너의 형제들을 데리고 장에 나갔지만 암컷은 제대로 값을 받지 못했대. 시골장에서는 수컷만 잘 팔린다지. 그래서 너의 남자 형제들은 다 떠나가고 암컷이었던 너와 네 동생 가을이만 남겨졌어.

이봉순 여사님은 농사짓느라 바쁜 시골 할머니라 개를 네 마리나 키울 자신이 없었고 나는 시골 개의 운명을 알기에 너를 그곳에 그냥 둘 수 없었어. 마침 나의 친할머니가 너를 원해서 너는 도시 할머니 곁으로 와 우리와 살기 시작했지.

하지만 도시 개의 팔자도 기구한 건 마찬가지야. 집에서는 마음껏 뛰놀 수 있다지만 시골 마당과 비교하면 집은 너무 좁은 데다 밖에 나가더라도 반드시 목줄을 착용해야 하니 너는 어디서도 원하는 만큼 달리지 못하지. 인간들의 편의를 위해 중성화 수술을 해야 하고 식사부터 산책, 잠자는 시간까지 너의 모든 생활 리듬을 반려인의 스케줄에 맞춰야 하지. 이웃과 갈등을 피하기 위해 너는 불만이 있어도 짖지 않는 법을 배워야 하지. 너희는 본성을 조금씩 거세당하면서 인간과 조화롭게 살아가는 삶에 적응하게 돼. 인간 세상이란 참 별난 곳이지? 개를 키우지 않는 이들에게 피해를 주지 않으려고 나는 매일 너를 훈련시켰지. 개가 개답지 않아야 인간과 함께 살 수 있다는 사실에 나는 가끔 너에게 미안한 마음이 들기도 해.

인간 세상엔 규칙이 많아서 너뿐만 아니라 할머니도 많이 힘들어했어. 내가 틈만 나면 할머니한테 잔소리를 했거든. 하루에 몇 번 이상 산책을 시켜야 한다, 네가 불편해

해도 목줄에 적응시켜라, 아무거나 주지 말고 사료만 줘라, 간식 많이 주지 마라, 다른 강아지들 만나면 조심해라, 산책하다 어린아이와 마주치면 돌아서 가라… 나의 잔소리는 끝이 없었지. 할머니는 요란하게도 군다며 질색했지만 그래도 너를 위한 일이니까 불평하면서도 최선을 다했어. 할머니는 비언어적 훈련을 제일 어려워했어. 너는 우리의 말을 못 알아듣잖아. 그런데 할머니가 계속 말로 지시하면서 훈련을 시키는 거야. "복순아, 착하지. 이리로 와" "복순아, 너 그러면 혼난다!" 이런 말을 네가 어떻게 알아듣겠어. 그래서 나는 말이 아닌 행동으로 훈련을 시켜야 한다며 매일같이 할머니를 설득했어. 돌이켜보니 너를 훈련한 건지 할머니를 훈련한 건지 모르겠다. 그런 생각도 들더라. 태어날 때부터 완벽한 능력을 가진 사람이 없듯이 개도 처음부터 인간과 발맞추지 못한다는 것. 인고의 시간 동안 갈고 닦아야만 비로소 서로의 가족으로 완성된다는 것. 인간이나 개나 이 세상 살기 참 어렵다 싶더라고. 그래도 나는 가끔 네가 태어나길 영웅의 운명을 가진 게 아닐까 하는 상상도 해.

할머니와 사는 동안 너는 대단한 활약을 펼쳤지. 할

머니는 너와 식구가 되고 삶에 생기를 되찾았어. 매일매일 나에게 전화해서 네 자랑만 30분 넘게 해댔거든. 할머니가 여든을 넘어 다시 사랑할 존재가 생겼다는 사실에 나는 너에게 너무 고마웠어.

어느 날은 할머니가 깊은 낮잠에 빠졌는데, 네가 자꾸 할머니의 얼굴을 핥으면서 짖길래 잠에서 깼대. 할머니가 깬 걸 확인한 너는 가스레인지 앞에 가서 다시 짖었다지. 할머니가 이상해서 거실로 나가보니 글쎄, 냄비가 시꺼멓게 타버렸다더라고. 너는 그렇게 할머니 목숨을 구했어.

또 어느 날은 네가 작은 방에서 창밖을 보며 미친 듯이 짖더래. 수상함을 느낀 할머니가 작은 방에 가보니 검은 모자를 쓴 남자가 창문을 넘어 할머니 집에 들어오려고 하더래. 할머니는 너무 놀라서 안방으로 뛰어 들어가 경찰에 신고했지. 그렇게 너는 또 할머니의 목숨을 구했어.

나는 종종 너를 보면서 생각해. 너는 정말 우리를 구하러 온 영웅이 아닐까 하고. 이토록 작은 존재인 네가 우리에게 주는 사랑이 너무나 크고 깊어서 너의 검은 눈을 볼 때마다 늘 사랑에 빠져. 매일 봐도 사랑스럽고 매일 봐도 놀라워. 너는 우리에게 가장 큰 기쁨이고 축복이야.

너는 이제 겨우 1년을 살았지만 너희의 세계에선 그 시간이 무려 13년이라며? 13년이라 생각하니 지난 1년 동안 너의 인생은 꽤나 스펙타클했구나 싶어.

너는 할머니 품을 떠나 나에게로 왔지. 네가 우리 집에 온 뒤로 나는 매일 아침저녁으로 너와 산책을 하고 있어. 호기심이 많아 샛길로 빠지길 좋아하는 네 덕에 책방과 집만 오가던 내가 동네 구석구석을 살피고 있어. 무심코 지나치던 거리에서 나날이 새로운 풍경을 발견해. 어제 활짝 피어 있던 꽃이 오늘 자취를 감추기도 하고, 푸르르기만 했던 나무가 며칠 사이 노랗게 변하기도 하더라. 너와 가족이 되고 내 세상이 달라졌어. 일상의 소소한 풍경에 눈길을 기울이게 되었거든.

하지만 또 한편으로는 너를 품고 난 뒤부터 한 번도 불편한 적 없었던 일들이 불편해지기 시작했지. 갑자기 휴가가 생긴 우리 부부는 1박 2일 여행을 계획했어. 그런데 너를 혼자 집에 두고 갈 수가 없었어. 갑작스럽게 잡힌 일정이라 누구한테 맡길 수도 없었지. 너는 차를 잘 타니까 함께 여행을 가면 좋을 것 같아서 숙소를 예약하려는데 글쎄 너와 함께 머물 수 있는 숙소가 없는 거야. 우리는 원래 계획했던 여행지를 취소하고 너와 함께 잘 수 있는 펜션을 찾았어. 며칠을 알아본 끝에 마침내 숙소 예약에 성공한 우리는 두 시간을 달려 너와 함께 바닷가를 볼 수 있었지. 네 생애 첫 바다였지. 너는 파도가 무서운지 주춤거리더니 이내 신이 나서 모래사장과 물가를 오가며 뛰놀더라. 너를 맘껏 뛰놀게 할 수 있다는 사실만으로도 큰 감동이었어. 하지만 잠깐 커피를 마시려 해도 네가 들어갈 수 있는 카페를 찾아야 했어. 수십 곳을 검색한 끝에 반려견 동반 출입이 가능한 카페를 발견했고, 30분을 운전해 도착한 카페에서 너와 함께 여유로운 시간을 보낼 수 있었지. 사실 여행할 때뿐만이 아니야. 너와 동네를 산책하다가 계란 하나를 사서 집에 돌아가려 해도 너를 안고 슈퍼에 들어가면 장을 볼 동안 사람들의 눈치가 보여. 그렇다고 너를 밖에 묶어둘 수도 없으니 나는 어쩔 수 없이 너를 집에 데려다 놓고 다시 장을 보러 나가곤 해.

너와 가족이 된 후로 최고를 고르는 것보다는 가능한 것을 고르는 생활에 익숙해지고 있어. 너를 통해 나는 필요 이상의 것을 바라는 삶에서 벗어나 조금 더 단정하고 단순한 삶을 선택하게 된 것 같아.

너라는 작은 세상이 내 삶에 들어오고 나는 인간 세상의 또 다른 존재들에 대해 생각하기 시작했어. 인간이 아니라는 이유로, 혹은 인간이지만 주류가 아니라는 이유로 삶의 중심에서 배제되는 존재들 말이야. 내가 운영하는 서점을 찾는 손님들 중에는 비건이 많아. 비건을 지향하는 이유는 다양하지만 너와 같은 동물 친구들의 고통을 지나칠 수 없기 때문에 시작한 사람들도 많지. 그들은 동물을 학대하고 착취해서 생산한 제품을 소비하지 않아. 그러다 보니 육식주의 사회에서 외식 메뉴로 선택할 수 있는 것이 제한적이래. 식사뿐만 아니라 입는 것, 바르는 것, 쓰는 것에도 동물성 재료를 사용하거나 동물실험을 거친 제품이 대부분이라 일상생활에 어려움이 많아. 나는 너를 만나기 전에는 그들의 불편함에 대해 크게 고민하지 않았어. 커피도 '라떼를 못 먹으면 그냥 아메리카노 먹으면 되지 않나' 하고 나 편한 대로 생각했지. 그런데 네가 내 삶에 들어온 후 슈퍼도, 은행도, 여행도 가기 힘들어지면서 그들의 불편함이 크게 와닿더라. 그래서 나는 비건을 위한 음료와 빵을 만들어 팔기 시작했어. 우유 대신 두유를 쓰고, 버터나 치즈도 비건 용으로 만들어 제공하고 있어.

너라는 작은 존재가 바꿀 수 있는 삶은 얼마나 커질

까? 너로 인해 내가 바뀌고 내가 만나는 소수의 사람들이 바뀌어서 소수의 사람들이 만나는 다수의 사람들에게까지 이 작은 변화가 이어지기를 간절히 바라.

　이 세계에는 코로나19라는 바이러스의 재난이 시작되었고 덕분에 단조로운 나의 일상이 더 단조로워졌지만 너를 바라볼 때면 너의 사소한 몸짓이 세상에서 가장 큰 행복처럼 느껴지곤 해. 언제부턴가 '세 줄 일기'라는 감정 일기를 쓰고 있거든. 그날 하루 중 가장 좋았던 일과 나빴던 일을 일기장에 적어야 하는데 어느 날은 한 줄도 써지지가 않는 거야. 좋게 생각하면 내가 평온한 상태이기 때문이라고 말할 수 있지만, 사실은 나에게 더 이상 감정을 요동치게 만드는 일이 일어나지 않는 게 아닐까 하는 생각도 들었어. 설레는 일도, 괴로운 일도 없는 하루를 자주 보내곤 해. 그저 밥벌이만 하다 끝내는 무료한 일상이 반복되는 것처럼 느껴져 조금은 슬퍼졌어. 내가 네 나이였을 땐 별것 아닌 일에도 기뻐했다가 슬퍼했다가 화가 났다가 즐거워하면서 롤러코스터를 타는 기분으로 하루하루를 보냈거든. 그런데 복순이 너와 지내면서 나는 일상의 또다른 즐거움을 발견했어. 요즘 나의 즐거움은 너에게 말도 안 되는 질문을 던지는 거야. 너는 내 말을 얼마나 이해할까? 한 10퍼센트 정도? 그마저도 산책, 맘마, 간식, 안 돼, 앉아, 엎드려 정도겠지? 그런데도 나는 너에게 끊임없이 말을 건네.

"복순아, 오늘 언니가 책 열 권 팔아서 네 밥값 벌어왔어. 너는 언제 커서 언니 밥 사줄 거야?"

"복순아, 출근하기 싫은데 네가 가서 책 좀 팔고 와."

"복순이, 인간은 왜 이렇게 할 게 많지? 너는 이때? 인간이 되고 싶진 않아? 하루만 나랑 바꿔볼래?"

이렇게 말도 안 되는 질문을 너에게 건네고, 네가 내말을 알아듣지 못한 채 고개를 갸우뚱거리면 오늘 하루 가장 즐거운 일 하나를 찾았다며 안심해. 이제껏 나는 누군가를 위로하기 위해서는 많은 말이 필요한 줄 알았는데 너를 만나 알게 되었어. 체온을 함께 나누는 것만으로도, 같은 세상에 존재한다는 사실만으로도 위로가 될 수 있음을.

오늘도 너에게서 많은 것을 배워.

우리 집에 와줘서 고마워. 그리고 너의 첫 번째 생일을 축하해.

너를 만나 행복하고 감사한 언니가

세상은 참
신기한 곳 같아요.

개 팝니다

저는 그동안 여러 사람들을 거쳐갔어요.

지금 같이 사는 사람은 똑같은 말을
자주 쓰는데요.

~~~~~복순아
~복순이~~~
~~복순~~~

?

그 말을 듣고 있으면
어쩐지 잠이 온답니다.

해수 어머님께

어머님, 저 소예예요. 기억하시죠?

그때 어머님은 왜 그렇게 제 끼니를 챙겨주셨나요?

지금 생각해보면 참 염치없고 죄송스럽기만 하네요.

초등학교 시절 저는 친구들이 부러웠어요. 학교가 끝나면 친구들과 함께 이 집 저 집 놀러 다니곤 했는데요. 친구네 집은 언제나 환하고 깨끗한 데다 놀고 있으면 어머니가 간식을 챙겨주시더라고요. 저는 식당 일로 바쁜 조부모님 밑에서 자랐는데 그래서 그런지 저희 집은 낮에도 어둡고 텅 비어 있는 느낌이었어요. 할머니는 어린 손주들이 밥을 굶을까 걱정되어 늘 냉장고를 꽉꽉 채워놓고 용돈도 꼭 챙겨주고 나가셨지만, 학교에서 돌아오면 제가 알아서 음식을 꺼내 데워 먹어야 했거든요. 그게 싫은 건 아니었는데 친구네 집에 가니까 어머니가 따뜻한 밥과 달콤한 간식을 챙겨주잖아요. 문득 그런 생활이 참 부러웠어요. 그래서 그때는 '나도 엄마가 되면 꼭 집에서 애들한테 음식을 만들어줘야지' 하고 다짐했던 것 같아요.

제가 부모님이 돌아가셨다고 말하면 어른들은 자주 되물었어요.

"그럼 너희 남매는 누가 키우니? 일은 또 누가 하시니?"

우리 집은 일하는 사람도 할머니고 키우는 사람도 할머닌데. 의아하다는 듯한 질문의 뉘앙스에서 우리 집은 다른 집과 사정이 많이 다르다는 사실을 눈치챘어요. 지금 생각해보면 제가 밥을 굶었던 것도 아니고 그냥 그렇게 살 수도 있는 건데요. 아마 그런 대화나 분위기 속에서 어린 시절을 보내면서 자연스럽게 아이에게는 부모가 모두 있어야 한다는 생각을 가지게 된 것 같아요. 엄마가 하는 일과 아빠가 하는 일이 따로 있고 여성이 하는 일과 남성이 하는 일이 따로 있다는 선입견도 품게 되었죠.

그 시절에는 남자는 사회생활, 여자는 집안일이라는 고정관념이 통념이었어요. 맞벌이하는 가정이 지금처럼 많지 않다 보니 제 주변에는 저처럼 할머니, 할아버지 손에서 크는 아이들도 없었죠. 그래서 저희 할머니와 할아버지는 제가 밖에서 기가 죽을까 봐 늘 걱정하셨어요(그건 참으로 괜한 걱정이었지만요). 그때는 지금처럼 다양한 가족의 형태가 사회에 드러나지 않았으니 보통과 다른 삶을 상상하기란 참으로 어려웠을 거예요.

그렇게 보수적인 사회에서 여성들이 남편 없이 홀로 서기란 참 쉽지가 않았겠죠. 어머님은 해수 아버지의 실직으로 빚을 떠안고 생계를 책임져야 했는데, 15년간 가사 노동만 하다가 사회생활을 시작하려니 뭘 해야 할지 몰라 식당 일부터 시작하셨죠. 그런데 그 일은 남편과 자식 둘을 먹여 살리기엔 보수가 턱없이 부족했어. 임금이 높은 일자리를 찾던 어머님은 야간 공장에 들어가 잔업과 휴일 근무를 모두 채워 온갖 수당을 받아가면서 밤낮없이 일하셨어요. 몇 달만 버티면 남편이 다시 돈을 벌어 올 거라고 생각했지만 아버님은 어머님이 생계를 도맡자 일자리를 구할 생각은 않고 술만 마셨다죠. 그런 남편이 미워 갈라서고 싶었지만 어린 자식들의 앞날이 걱정되어 꾹꾹 참고 버티는 사이 세월이 훌쩍 가버렸죠. 그 모든 시간 동안 해수와 저는 함께 아파했어요. 해수에게 어머님 이야기를 들을 때마다 저는 어머님이 하루빨리 행복해지길 바랐어요.

해수는 고생하는 엄마를 위해 대학을 포기하고 돈을 벌어 생계에 보탬이 되려 했지만 어머님은 필사적으로 해수를 말리셨죠. 자신이 이렇게 고생하는 건 다 남자 때문에 꿈을 포기하고, 공부를 포기하고, 삶을 포기해서라고. 그러니 너는 다른 사람 때문에 네가 원하는 것을 포기하지 말라고. 해수 역시 어머님의 삶이 어떻게 마모되어가는지 다 보고 자란 터라 무서웠대요. 회사에게 버려지면 휘청이는 직장인의 삶도, 일자리를 구하지 못하면 생계가 무너지는 개인의 삶도, 누군가에게 의지하지 않으면 유지할 수 없는 자신의 삶도 전부 두려웠대요. 결국 나를 지키는 사람은 나 자신이 되어야 한다고 다짐하게 되더래요. 그래서 해수는 지금 하고 싶은 일을 하면서 멋지게 살고 있잖아요.

어머님은 늘 해수에게 미안해하셨어요. 다른 평범한 대학생들처럼 여행도 못 가고 등록금을 채우기 위해 방학 내내 아르바이트만 하는 해수가 안쓰럽다면서, 직장이 멀어 피곤해하는 해수에게 작은 자취방 하나 얻어줄 수 없는 형편이 부끄럽다면서. 해준 게 없는 부모라며 늘 미안해하셨지만 저는 해수가 어머님께 돈보다 더 중요한 것을 받았다고 생각해요.

해수에게서 어머님이 물려준 자산의 흔적을 발견할 때마다 부러웠거든요. 초등학생 때는 어머님이 해수에게 차려주는 밥상이 부러웠지만, 머리가 크고 나서 돌이켜보니 밥상은 부러울 것도 아닌 거 있죠? 해수는 자신의 생각과 감정을 자유롭게 가족과 나누는 친구였어요. 주말 쇼핑으로 무엇을 샀다는 정말 사소한 이야기부터 연애, 저축, 생활, 진로 등 중요한 결정을 내려야 하는 일들까지 가족 모두와 자유롭게 나누는 해수가 부러웠어요. 그리고 그런 대화가 부모님의 충고나 비난으로 끝나지 않는다는 것도요. 어머님은 해수가 느끼는 감정들을 언제나 지지해주셨잖아요. 해수가 남자친구의 흉을 볼 때도 먼저 속상한 마음을 달래주시곤 사람의 단점보다는 장점을 찾으려고 노력해보라며, 그게 지혜롭게 사랑하는 방법이라고 조언하셨다죠.

그런 일도 생각나요. 해수네 집을 제집처럼 드나들던 저에게 어머님이 가장 예쁜 접시와 컵을 골라 간식을 내주셨던 일이요. 제가 설거지 건조대에 있는 컵을 대충 꺼내물을 마시려 할 때도 해수는 저를 만류하고 찬장 가장 높은 곳에서 예쁘고 묵직한 컵을 내어줬어요. 그리고 말했죠. 우리 엄마가 손님에겐 가장 좋은 컵을 내어주라 했다고. 내가 무슨 손님이냐며 사양했더니 해수는 "우리 엄마한텐 너도 손님이야" 하고 대답했어요.

저는 어머니가 해수뿐 아니라 저에게도 큰 자산을 남겨주셨다고 생각해요. 사람을 온전하게 사랑하는 방법과 가까운 사람에게 한결같이 베푸는 다정함과 좋아하는 것을 꾸준히 좋아할 수 있는 열정과 스스로 바로 설 수 있는 용기와 나 자신을 사랑할 수 있는 힘과 독립심까지도 만들어주셨어요. 그러니 너무 미안해하지 마세요. 저희는 어머님의 가르침으로 지혜롭고 견고한 사람이 되기 위해 열심히 살아가고 있으니까요.

막대한 경제적 유산을 물려줘야지만 부모 노릇을 다한 게 아니라고 생각해요. 그게 좋은 부모의 조건이라고 생각하지도 않고요. 타인을 더 나은 사람처럼 대하는 작은 방법들도 유산이에요. 누구에게도 물려받을 수 없는 유산이요. 집을 청결하게 유지하는 습관도 유산이에요. 부모와 자식 간에 수평적인 대화를 나누는 환경도 유산이에요. 저희는 이미 많은 유산을 받고 있습니다. 그러니 정말 미안해하지 마세요.

자랑스러운 어머님, 어머님을 비롯한 세상 모든 어머니들이 꼭 행복했으면 좋겠어요.

어머님의 또 다른 유산 상속자, 소에 올림

공로상 수상식이 있겠습니다.

받는 사람. 해수 어머니.

위 사람은 자녀가 원하는 것을 포기하지 않고 이룰 수 있도록 용기를 주었으며,

해수야, 포기하지 마.

수많은 대화로 자녀의 감정을 이해하고 지지해주었고,

속상했겠네...

자녀가 지혜롭고 견고한 사람이 되도록 이 같은 유산을 주었으므로 이 상장을 수여합니다.

아 맞다!

?

우리 엄마한텐 너도 손님이래. 너 오면 예쁜 컵에 따라 주랬어.

그리고 그 유산을 받은 저 또한 감사를 전합니다.

존경하는 나의 리더에게

팀장님, 오랜만이에요. 우리 사이에 쑥스럽지만 고마움을 전하고자 이렇게 글을 써봅니다.

저는 운이 좋아 늘 좋은 리더들 밑에서 일하며 성장한 것 같아요. 특히나 팀장님께는 참 많은 영향을 받았습니다. 팀장님과 함께한 3년이라는 시간이 저를 지금과 같은 사람으로 만들었어요.

영화란 일이 있다가도 없고 없다가도 있는 불안정한 직종이지요. 저 역시 회사를 나오고 쉬는 날이 길어지자 그 공백의 시간에 무엇을 해야 할지 몰라 막막함을 느꼈어요. 그런 제가 책을 읽고 글을 쓰면서 새롭게 도전할 수 있었던 것은 팀장님의 작은 칭찬 한마디 덕분이었습니다.

누구에게도 말한 적은 없지만 사실 저는 오래전부터 글을 쓰고 싶었어요. 그런데 영화판에 글 쓰고 싶지 않은 사람이 어디 있겠어요. 말단 연출부부터 촬영감독, 배우까지 글을 쓰고 싶어 하는 사람은 넘쳐났죠. 그 치열한 경쟁 속에서 제가 살아남을 거라는 자신이 없었고, 무엇보다 본격적으로 글을 쓰기엔 현실이 고달팠어요. 먹고사는 일이 막막해 끊임없이 돈을 벌어야 했지만, 수입이 일정치 않으니 일이 없을 때 손 놓고 있기가 두려웠죠. 하물며 앉아서 글만 쓰는 것은 저에게 사치라고 생각했어요. 그럴 시간에 단기 아르바이트라도 구해야 하는 것은 아닌지 늘 조급했거든요. 팀장님을 만나기 전 몇 편의 프로젝트가 엎어진 탓에 얼른 제대로 된 필모를 만들어야겠다는 생각으로 쉬지 않고 영화 현장을 찾아다녔어요. 주어진 일을 빨리, 잘 해내서 부단히 다음 작품, 다음 작품 쌓아가고 싶었어요. 경력을 하나씩 밟고 올라가 언젠가는 멋진 피디가 되고 싶었죠.

팀장님은 제가 그런 단계에서 너무 방황하지 않게 해주셨어요. 팀장님에 비하면 경력도 10년 이상 짧은 제게 늘 팀장님의 일에 참여할 수 있는 기회를 주셨어요. 작은 일은 제게 먼저 맡겨주시고, 최대한 많은 회의와 미팅을 경험할 수 있도록 신경 써주셨죠. 영화 조직은 일반 회사와는 다르게 도제 시스템이라 모든 업무를 사수에게 배우고 능력을 전수받아야 했어요. 그런데 사수들은 대개 막내가 해야 할 일만 알려주지 그 이상을 가르쳐주진 않더라고요. 도박판과 같은 이 바다은 (그럴 가능성은 희박하지만) 나의 보조였던 누군가가 내년에는 내가 모셔야 하는 사람이 될 수도 있는 곳이죠. 그래서 한 프로젝트가 시작되고 끝날 때까지 서로가 직함에 따른 권위와 역할을 깍듯하게 존중했지만 동시에 늘 서로를 경계했어요. 그런 분위기 속에서 팀장님이 제게 주신 기회들이 얼마나 값진 것인지 시간이 흐르고 나서야 알게 되었습니다. 그 당시엔 일이 너무 많은 것 같아 버겁기도 했습니다. 내가 이런 것까지 알아야 하나 싶은 생각도 자주 들었고요. 하지만 경력이 쌓일 수록 제가 맡은 작고 단순한 업무가 커다란 일의 밑거름이라는 사실을 깨달았고, 덕분에 일하기가 훨씬 수월했어요.

평소와 같이 일을 하던 어느 날 팀장님이 공공기관에 촬영 협조 메일을 보내보라는 지시를 내렸어요. 그러고는 메일 보내기 전에 내용을 한번 확인받으라고 하셔서 저는 공문을 작성하고 메일을 쓴 뒤 팀장님께 보여드렸죠. 그랬더니 팀장님은 "너 글도 쓰니?" 하고 물어보셨어요. 제가 "글이요? 글은 학교 다닐 때 썼죠"라고 답하자 팀장님이 "너 글 한번 써봐. 완성하면 나도 보여주고"라고 말씀하셨어요. 저는 그 말에 큰 의미를 두진 않았어요. 그냥 '내가 메일을 잘 썼나 보다, 내 업무를 잘 해냈으니 다행이다' 하며 넘어갔죠. 그런데 그 후에 팀장님이 저보다 경력이 조금 더 많은 팀원에게 "소예가 쓰는 메일 좀 읽어보고, 참고해서 다시 메일 보내"라고 말하는 것을 들었어요. 저는 민망했지만 사람마다 잘하는 일이 다르니까 그냥 서로 도우면 된다고 생각했어요. 특별히 자부심을 느낄 일이 아니라고 여겼죠. 회사에서 예산 관리를 도맡은 저는 남자 팀원들이 현장에 나가면 데스크에서 현장의 행정적인 영역을 서포트하는 역할을 많이 했으니까요. 하지만 팀장님은 저의 역할에 대해서도 단호하게 말씀하셨어요.

"네가 현장에 못 나간다고 해서 현장을 모르는 게 아니야. 현장의 제반 사항을 준비하는 사람은 너잖아. 그러니까 현장 경험 없다고 무시하는 말에 쫄지 마. 걔들은 네가 맡은 예산 일은 하나도 몰라. 각자 영역이 다를 뿐 결국 우리는 같은 작품을 만들어가는 거야. 그리고 너도 현장 나가고 싶으면 언제든 말해. 일이 많아서 못 나갈 것 같으면 너한테 보조를 붙여서라도 나갈 수 있도록 해줄게. 사람 하나 더 쓴다고 네가 일을 못하는 게 아니야. 배우고 싶은 거, 궁금한 거 전부 적극적으로 배워야 해. 이렇게 큰 작품 만나기도 어려워. 쉽게 오는 기회 아니야."

팀장님은 늘 그렇게 저를 가르치셨어요. 더 큰 그림을 볼 수 있도록.

저와 비슷한 시기에 직장 생활을 시작한 친구들은 상사나 사수와의 갈등으로 골치 아파했어요. 사회생활의 큰 장애물로 상사와의 관계를 꼽더라고요. 그런데 저는 달랐어요. 제가 경험한 리더는 팀장님이었으니까요. 팀장님은 후배들의 이야기를 경청하고 후배들을 위해 윗분들에게 나서서 이야기해주며 조율된 내용을 저희에게 알려주시는 분이었어요. 언젠가 팀장님이 그런 말도 하셨죠. 너희는 일만 잘하면 된다고, 문제가 생겼을 땐 내게 도움을 청하라고. 그러려고 내가 있는 거라고. 내가 앉은 이 자리는 너희 대신 책임을 지는 자리라고. 그러니 너희는 내 뒤에 숨어 있으면 된다고.

저는 그때 처음 알았어요. 리더라는 사람의 역할을. 리더란 팀원이 다른 걱정 없이 실무에만 집중할 수 있도록 지반을 든든히 받쳐주는 사람이라는 것을.

팀장님의 모습에 영향을 많이 받은 저는 그 후 연차가 쌓이고 후배가 생기면서 팀장님처럼 좋은 리더가 되려고 노력했어요. 처음엔 중간 관리자도 막내 때처럼 맡은 일만 잘하면 되는 줄 알았거든요. 그런데 직급이 올라갈수록 주어진 일보다는 윗사람들과 아래 팀원들 간의 관계를 조율해야 하는 순간이 많이 생기더라고요. 중간 관리자 역할을 잘 해내기가 그렇게 힘들다는 것도 직접 되어보고 나서야 알게 됐어요. 막내일 땐 몰랐어요. 그냥 실무자보다 일이 적은 사람들, 실무자를 대신하여 윗사람에게 컨펌을 받아주는 사람들이라고만 생각했어요. 그런데 아니었어요. 중간 관리자가 되어 문제를 맞닥뜨릴 때마다 팀장님이 생각났어요. 팀장님이라면 어떻게 하셨을까? 그때 팀장님이 어떻게 했더라? 그렇게 생각하며 문제를 해결해나갔어요.

저에게 리더라는 정의는 팀장님을 통해 만들어졌어요. 팀장님은 제가 스스로를 신뢰할 힘을 주셨죠. 팀장님이 건넨 칭찬과 격려의 말들, 그 말들이 시작이었어요. 글을 써서 누군가에게 칭찬받은 것은 학교를 떠난 이후 처음이었으니까요. 성인들은 칭찬받을 일이 잘 없잖아요. 맡은 일을 잘 해내는 것은 칭찬을 받을 일이 아니라 당연한 일이니까요. 그곳이 회사라면 더더욱이요. 그래서였는지 글을 다시 쓰기 시작했을 때 가장 보여드리고 싶었던 사람도 팀장님이었어요. 자신은 없었지만 칭찬받고 싶었죠.

시간이 흘러 팀장님과 함께한 영화 프로젝트가 끝났고, 우리는 각자 다른 곳에서 일하면서도 편하게 연락하는 사이가 되었죠. 팀장님은 저와 술자리를 가질 때마다 "너는 글 안 쓰니? 이제 쉬니까 글 쓰는 거지?"라며 안부 묻듯 물으셨어요. 좋은 아이템이 있다며 제게 한번 써보지 않겠냐고 제안하시고, "투자는 내가 받아올 테니까 너는 글만 써봐"라며 변함없이 저를 지지해주셨죠. 저는 그게 늘 감사했어요. 팀장님 주위에 글 쓰는 이들이 많은데도, 프로 현역 작가가 넘쳐나는데도 항상 저에게 기회를 주시려고 노력하셨으니까요.

사회에서 나이에 구애받지 않고 좋은 친구를 얻는다는 건 큰 축복이에요. 팀장님은 저에게 존경하는 선배고 리더지만, 동시에 좋은 친구기도 해요. 떠올리기만 해도 위안이 되는 존재요.

팀장님의 기대처럼 시나리오는 쓰지 못했지만 저는 에세이를 써서 책을 만들었고 요즘엔 소설도 쓰고 있어요. 그 모든 일이 팀장님이 보내주신 신뢰에서 시작되었어요. 메일 하나로도 사람의 가능성을 읽어낼 줄 아는 팀장님의 뛰어난 안목도 존경하지만, 무엇보다 후배에게 칭찬과 격려를 아끼지 않고 자신의 기회를 덜어내 나눠주는 나의 소중한 리더가 되어주셔서 감사해요. 팀장님의 기대에 보답하기 위해서라도 조만간 진짜 좋은 아이템으로 시나리오 제대로 써서 선물할게요! 오랫동안 존경해왔어요. 앞으로도 늘 좋은 리더이자 선배로 함께해주세요. 사랑합니다.

팀장님의 그림자도 닮고 싶은 후배 올림

답장을 전하지 못한 손님께

그때 제가 어떤 위로의 말도 건넬 수 없었지만, 지금 당신은 안녕하신가요?

당신이 무슨 상황이었는지, 어떤 마음으로 저에게 찾아오셨는지 저는 아직도 알 수가 없어요. 하지만 당신과 함께 있던 그 짧은 시간이 제겐 오래도록 해결하지 못한 숙제처럼 마음이 쓰입니다.

책방을 열기 전엔 저 역시 일본 만화 〈심야식당〉의 '마스터'처럼 손님의 마음을 위로해주는 주인이 될 줄 알았어요. 밤에 문을 열어 아침까지 영업하는 '심야식당'에는 주로 안타까운 사연을 지닌 손님들이 방문하는데요, 식당 주인인 '마스터'는 손님이 원하는 음식을 대접하고 손님의 이야기를 들으면서 그들을 위로해주거든요. 저도 손님이 편하게 마음을 터놓고 이야기할 수 있는 책방 주인이 된다면 참 멋있겠다 상상했죠.

그런데 저는 그런 사람이 못 되더라고요. 저는 슬픔을 잘 털어내지 못하는 사람이에요. 영화나 책을 봐도 쉽게 공감하고 이입해서, 한번 이야기에 빠지면 한 달이고 일 년이고 시도 때도 없이 몰입하던 때의 감정이 툭툭 튀어나와 저의 삶을 헤집어놓고 나가요. 그래서 언제부턴가 다른 이의 슬픔을 잘 들으려 하지 않았어요. 슬픔을 꺼낸 이는 조금 후련해질 테지만, 그 슬픔은 제 안에 들어와 싹을 틔우고 꽃을 피우고 열매를 맺어댈 테니까요.

당신은 저희 책방에 딱 두 번 방문했어요. 저희 책방에서 주최한 독서 모임에서 한 번, 몇 주가 흐른 뒤 손님이 없는 한산한 대낮에 한 번. 독서 모임에서 책 이야기를 나누다 제가 당신 마음의 무언가를 움직인 걸까요? 몇 주 뒤 당신은 저에게 찾아와 "사장님이 이걸 읽어주면 좋겠다"라며 A4용지 여덟 장을 내밀었죠.

저는 당신과 마주 앉아 한동안 당신이 쓴 글을 천천히

읽어내려갔어요. 처음엔 글이 어떤지 평가해달라는 건가 싶었는데, 유심히 들여다보니 그 글은 사실 유서나 다름없었어요. 딱 한 번 만나본 이에게, 그것도 대화라고는 책 이야기만 30분 나눈 이에게 유서를 전달받는 건 당혹스러운 일이었어요. 글에는 당신의 인생이 아주 자세히 담겨 있었어요. 당신의 가족 이야기, 학창시절, 친구와의 관계, 사랑, 배신, 분노, 괴로움, 외로움, 고독, 슬픔… 당신의 삶의 무게가 그 가벼운 종이에 갇혀 있었어요. 한 장 한 장 페이지를 넘길 때마다 눈물이 날 것만 같았고, 마지막 장이 끝나고 난 뒤 당신에게 어떤 말을 건네야 할지 몰라 글이 끝나지 않기를 바라며 꽤 오래 마지막 장을 들고 있었던 것 같아요.

저는 당신의 글을 내려놓고 물었어요.

"이걸 저에게 왜…"

당신은 눈물을 닦으며 말했어요.

"그냥 저를 모르는 사람이 읽어줬으면 했어요. 어떤 식으로든 제 삶이 평가받지 않았으면 해서요."

당신은 줄곧 누군가에게 평가당하며 살아온 걸까요? 작은 슬픔 하나에도 이유를 대야 했나요? 당신의 감정을 끊임없이 남들에게 설득하고 증명해야 했나요? 그래서 당신은 그토록 절박하고 외로웠던 거군요.

우리의 대화는 거기서 끝이었어요. 당신이 제게 당신
의 글을 보여주고 싶었다는 것, 그게 전부였어요. 저는 당신
에게 휴지를 건넸고 당신과 저는 한참을 말없이 눈물만 훔
쳐내다 꼭 다시 만났으면 좋겠다는 나의 끝인사와 함께 헤
어졌죠.

가끔씩 텅 빈 책방에 앉아 손님들이 미물렀던 사리를
멍하니 바라볼 때면 당신과 마주 앉았던 그 짧은 시간이 환
영처럼 보여요. 눈물을 흘리던 당신의 모습과, 본 적은 없
지만 마치 목격한 것만 같은 흐느끼는 뒷모습. 저는 사람
의 뒷모습에 표정이 담겨 있다고 생각해요. 그래서 누군가
의 뒷모습을 슬프게 여길 때가 많아요. 저를 떠나간 사람
들은 꼭 뒷모습으로 기억되니까요.

살면서 누군가의 크고 작은 슬픔을 종종 마주하지만
여러 번 겪는다고 익숙해지지는 않더라고요. 적당한 위로
를 건네는 일이 언제나 어려웠어요. 저는 섬세하지 못한 사
람이라 누가 저를 비난해도, 괴롭게 해도 웬만한 일은 대
수롭지 않게 넘겨버리는 편이거든요. 나만 내 편이면 된다
는 마음으로요. 저는 다른 이들도 저와 비슷한 줄 알았어

요. 무리하게 공감하기보다 사실 그대로를 말해주는 것이 지혜롭다고 생각했어요. 그래서 가까운 이들에게 자주 냉정한 사람이 되곤 했죠.

누군가는 저의 이런 냉정한 면이 부러울지도 모르겠지만, 저는 제 성격 때문에 트라우마로 남은 사건이 있어요. 열일곱 살 때 가장 친한 친구에게 열 장에 이르는 분량의 편지를 받았어요. 편지에는 친구가 6년 동안 저와 지내면서 서운했던 일들이 빼곡히 적혀 있었죠. 그 친구는 저와 달리 섬세하고 여린 친구였어요. 편지를 읽고 제가 무심코 뱉었던 말이 타인에게 큰 상처를 남길 수 있다는 사실을 처음 깨달았죠.

그 후로 저는 신중하게 말하려고 애써요. 무심코 튀어나온 말이 오해와 갈등을 불러일으킬까 두려워 입을 열기 전에 한 번 더 생각하고, 정확하고 완성도 있는 표현으로 전달하려고 노력해요. 편한 자리에서, 편한 사이에서는 때때로 그런 노력들이 무너지지만 그래도 늘 긴장하려 해요. 저의 무심함과 냉소적인 태도가 누군가에겐 폭력이 될 수 있기에 사람을 대할 때마다 예민해지려고 해요. 상대방의 표정을 살펴요. 저 때문에 상처받지 않게 하려고 필요 이상 조심스럽게 굴어요. 타인의 감정에 반응하는 감각이 떨어지다 보니 노력을 거듭해야 타인의 마음을 알아차릴 수 있는 거죠. 그래서 저는 늘 고민해요. 따뜻한 사람이 되기 위해서요. 제가 타고난 것이 너무나도 미약해서 노력으로 그 구멍을 메우기 위해 애쓰고, 저의 사소한 말과 행동으로 상처받는 이가 없길 바라며 최대한 말을 고르고 또 골라요. 고심하고 조심스러워하다 대답할 타이밍을 놓칠 때도 많죠.

그때 당신에게 따뜻한 위로의 말을 건네지 못한 이유는 제가 애쓰는 것에 실패했기 때문이에요. 순간적으로 튀어나오는 정제되지 않은 말들이 혹여 당신이 더 다치게 하지 않을까 두려웠어요. 당신이 보여준 슬픔을 제가 안아들기엔 너무 버거워서, 제가 가진 언어로는 그 슬픔을 담을 길이 없었어요. 저는 종종 그날을 떠올리며 다시 그 순간으로 돌아간다면 어떤 말을 해야 할지 되뇌어보곤 합니다. 하지만 여전히 그 답을 찾지는 못한 것 같아요.

그 뒤로 당신을 볼 수 없었어요. 당신은 지금 잘 지내고 있나요? 그때 그 어떤 위로의 말도 해줄 수 없어서 미안했어요. 내가 너무 미숙해서, 그저 같이 울어주는 일밖에 할 수 없어서 정말 미안했어요. 당신이 다시 온다면 그때는 조금 더 다정한 온기를 전할 수 있을까요? 따뜻한 커피를 내어주고, 좋은 책을 권해주고, 또 당신의 이야기를 오래오래 들어줄 텐데.

당신이 이곳에 다시 오지 않더라도 언제나 행복했으면 좋겠어요. 어디서든 건강해요.

여전히 그 자리에서
당신의 소식을 기다리는 책방 주인이

10년을 버텨온
나의 멋진 친구들에게 ⟩

얼마 전 대학 동기의 결혼 소식을 듣고 정말 오랜만에 동기들이 다 함께 모여 긴 수다를 떨었지. 그날의 주인공이었던 오빠는 누구보다 섬세한 사람이어서 청첩장을 전하러 온 자리에서도 진심을 눌러 담은 손편지를 한 명 한 명에게 주더라. 우리가 만난 지 벌써 10년이라니. 함께 길바닥을 뒹굴며 영화를 찍던 때가 엊그제 같은데 지금은 다들 각자의 분야에서 자리를 잡았다는 사실이 참 뭉클하더라.

아침이 되도록 이어진 술자리에서 우리가 나눴던 이야기가 며칠이 지나도록 자꾸만 생각나더라. 영화를 배우고 싶다는 열정으로 가득 찬 그 시절이 끝나고 학교를 졸업해 삶에 부딪히면서 우리는 점점 연출 욕심을 내려놓고 기술이나 미술, 제작 파트로 방향을 틀었지. 유일하게 10년간 연출자의 길을 포기하지 않고 글을 쓰는 오빠는 꿈을 이루기가 이렇게 힘들 줄 몰랐고 이토록 오래 걸릴 줄도 몰랐다며, 그래도 끝까지 해보겠다고 말하는데 그게 그렇게 멋있어 보이더라.

어떤 자리에서 10년을 버틴다는 것, 생각보다 쉽지 않은 일이더라. 그렇게나 영화를 좋아했고 지금도 좋아하는 나 역시 이제는 영화 현장이 아닌 책방에서 살아가게 되었으니 말야. 하지만 나는 여전히 영화감독이 되기 위해 노력 중이야. 물론 간헐적으로 말이지. 근데 다들 그 마음에 동의하더라. 나는 포기한 게 아니라고. 여전히 그 길로 가고 있다고. 매일매일 시나리오를 쓰는 건 아니지만 간헐적으로 그 길을 걷고 있다고.

졸업하고 각자 일하기 바빠서 그간 서로가 어떻게 살아왔는지 잘 몰랐는데, 막상 모이니 다들 시간 가는 줄 모르고 졸업 후 진로를 고민하던 나날에 관해 토로하더라. 시나리오를 계속 쓰고 싶었지만 당장 먹고살아야 했다고,

하고 싶은 일과 해야 하는 일 사이의 간극이 너무 컸다고, 당장 영화와 관련된 일자리를 구하려 해도 마음처럼 잘 구해지지 않았다고 말이야. 그 마음 너무 잘 알 것 같았지. 어떻게 살아야 하나, 뭘 해 먹고살아야 하나, 내가 잘하는 건 뭘까? 새로운 고민이 끊임없이 생겨났지. 대학교 입학을 앞두고 전공을 결정하던 때처럼 불안했지. 하지만 가난이 계속되는 한 고민을 이어갈 시간이 없었지. 당장 해결해야 할 문제들 앞에서 꿈 같은 건 그야말로 사치였을 테니까.

우리뿐만이 아니겠지. 청년들 대부분이 학교를 떠나고 현실의 벽에 부딪혀 다급히 취업 시장에 뛰어드니까 말야. 의도치 않았으나 얼떨결에 가지게 된 직업은 생각보다 너무 재밌기도 하고, 생각보다 너무 어렵기도 했겠지. 사회에서 만나는 사람들 대부분이 전공과 전혀 다른 직업을 갖고 있는 것을 보면 우리가 다른 일을 한다는 게 그렇게 이상한 일은 아닐 거야. 그런데 유난히 영화를 꿈꾸던 사람들은 동료가 다른 길을 선택하면 "이제 영화 안 하는 거냐" 하며 서운해하는 것 같아. 그 서운함은 너라도 버티길 바란다는 응원이었을까?

남들이 가지 않는 길을 가는 사람에겐 늘 타인의 평가

가 따라붙더라. 안간힘을 다해 버티면 어디까지 가는지 두고 보자고 말하고, 그만두면 그럴 줄 알았다고 말하지. 그들의 야유를 받지 않기 위해서라도 끝까지 버텨내서 내 선택이 옳았음을 증명하고 싶은데 그것도 큰 용기가 필요하더라.

우리가 학교에서 배운 것은 재능을 키우는 법이었어. 학교는 없는 재능을 만들어내는 곳이 아니라 가진 재능을 어떻게 키울 것인지 스스로 방법을 찾아내는 곳이었지. 그리고 우리는 그곳에서 자그마한 재능을 키우기 위해 얼마나 크나큰 노력이 필요한지를 배웠지. 하지만 학교를 나오고 나서는 우리에게 얼마나 끈기가 필요한지를 배우고 있는 것 같아. 친구들과 같은 목표를 향해서 공부할 땐 모든 것이 견딜만하고 쉬웠는데, 어느 순간 혼자서 그것들을 계속해나가려니 너무 외롭고 서글프더라고. 그 고독한 싸움이 너무 버거워서 가끔은 모든 것을 놓아버리고 싶었어. 그런데 잠깐이나마 이렇게 여전히 그 길을 걷는 사람들을 만나고, 조금 벗어난 길에서도 멋있게 성장한 사람들을 보니 다시금 마음을 붙잡게 되는 것 같아. 너희들도 그렇겠지?

사업으로 돈을 벌고 그 돈으로 틈틈이 영화를 찍는 오

빠는 나는 이렇게 사는 삶을 선택했다고 말했어. 계속해서 찍겠다고, 그러면 언젠가 만족스러운 작품이 나올 거라 믿는다고 말이야. 한 명의 감독이 자기 생애 최고의 영화를 만들어내기가 얼마나 힘겨운 건지 알지 않냐며 지금은 단지 과정일 뿐이라고 말했지. 멋있었어. 자신의 한계를 인정하고 자신의 현재를 객관화하는 모습. 동시에 영원히 꿈꾸는 자의 모습. 부러웠어, 나는 그렇게 살지 무하는 것 같아서. 그리고 자랑스러웠어. 저들과 함께 한 시대를 살아왔다는 것에.

우리의 꿈은 유명인사가 되는 것도, 돈을 많이 버는 것도 아니었어. 그냥 영화를 만드는 삶, 그 삶 자체를 꿈꾸었지. 식당 일을 하며 영화를 찍든, 웹툰을 그리며 영화를 찍든, 책방을 운영하며 영화를 찍든 영화만 찍으면 되는 거지. 회사원도 투잡, 쓰리잡을 뛰고 작가도 전업 작가로 활동하는 사람은 드물잖아. 이제는 누구나 한평생 여러 직업을 거쳐가는 시대니까. 우리 포기하지 말아야지.

모였다 하면 옛날에 고생한 이야기만 풀어놓는 어르신들이 되어버린 것 같지만 여전히 무언가를 꿈꾸고, 갈망

하고, 사랑하고, 노력할 수 있다는 사실에 다시 가슴이 두
근거리더라. 끈기 있게 자리를 지켜야 하는데 그 접착력이
약해질 때마다 너희들을 떠올릴게. 각자의 자리에서 꿈꾸
고 있는 너희들을. 우리 오래오래 같이 잘 버티자!

4차까지 이어진 술자리에서

열정을 되찾은 동기가

그리운 삼촌에게

삼촌! 이제 내가 삼촌을 이렇게 부를 수 있을까?

오랜만에, 아니 실은 자주 삼촌 생각이 나. 외할머니 댁에 가면 옛날에 삼촌이 피워주던 모닥불이 생각나고 이모들에게 어릴 적 추억 이야기를 듣다 보면 또 삼촌의 얼굴이 떠올라.

삼촌, 나 이제 엄청 늙었어요. 서른 살도 넘었다? 나 이렇게 나이 먹고 결혼한 거 보면 삼촌이 엄청 놀렸을 텐데. 아줌마 됐다고. 근데 삼촌이 없으니까 놀림거리도 못 된다. 이모들은 같은 여자라 그런가 다들 날 예뻐만 하지 놀리지는 않으니까. 나는 삼촌이 놀리던 것도 다 애정처럼 느껴졌는데.

얼마 전에 친구 아버지 장례식장에 다녀왔어. 친구가 가끔 아버지 얘기를 꺼내긴 했지만 한 번도 뵌 적이 없어서 잘 모르는 분이었는데 장례식장이 가까워지니 심장이 벌렁벌렁 뛰더라. 아마 그때 걷던 그 길과 비슷해서였던 것 같아. 삼촌에게 가던 길.

아침에 작은이모의 울음 섞인 목소리를 듣고 삼촌이 잠든 그곳으로 가던 길이 아직도 생생해. 삼촌이 세상을 떠난 지 몇 년이 지났는데 삼촌이라는 두 글자를 떠올리기만 해도 심장이 아려.

갑자기 가슴속 슬픔이 눈덩이처럼 불어나 눈사태가 일어나는 것만 같아.

그래도 나는 삼촌을 자주 말로 꺼내고 오래오래 기억하고 싶어. 나 어릴 때 어른들이 괜히 나 위한답시고 돌아가신 부모님 얘기를 안 꺼냈잖아. 그래서 나는 지금도 엄마, 아빠에 대해서 잘 모르겠더라고. 사진을 보면 나랑 엄청 닮았는데, 나는 분명 그 두 사람의 딸인데 아는 게 하나도 없으니 그리워하지도 못하겠더라. 무엇을 가지고 그리워해야 할지, 어떤 추억을 떠올려야 할지 갈피를 못 잡겠더라고. 그래서 나는 너무 쉽게 삼촌의 누나와 매형을 잊고 살아. 그거 참 별로더라고. 그래서 나는 삼촌의 이름을 자주 말하려고. 삼촌과의 추억을 자주 떠올릴 거야. 그게 삼촌이 남겨두고 간 내 예쁜 사촌 동생들에게도 좋은 일이야. 난 경험자니까 내 말 믿어.

나, 친구 아버님 장례식장에 가서 그분을 위해 울어야 하는데 그분의 자리에 삼촌을 앉혀놓고 울기 시작했다. 아! 물론 그 자리에서는 안 울었고, 돌아오는 길에 혼자 울었어. 거기서는 친구만 위로하다 왔어. 나 이래 봬도 이제 어른이거든. 때와 장소는 가릴 줄 안다고. 친구의 아버님께는 죄송했지만 그날은 삼촌 생각을 지울 수가 없었어.

삼촌은 위로 누나만 네 명 있었잖아. 그 시절에는 더더욱 귀한 아들이었지. 그중 둘째 누나였던 우리 엄마는 남편과 군 복무 중인 삼촌을 면회하러 가던 길에 사고가 나서 자식들을 두고 먼저 떠났지. 그래서였는지 어릴 적 삼촌은 나와 내 동생을 보며 매일 미안한 표정을 짓고 있었어. 그 얼굴이 아직도 생각나. 죄책감을 느끼고 미안해하는 삼촌의 얼굴. 부모님의 죽음은 누구의 잘못도 아니고 그저 사고였을 뿐이지만 삼촌은 그 사실을 받아들이기 어려웠을 거야. 내가 서른쯤 먹어서 상상해보니 그래. 나 겨우 스무 살에 내 동생이 나를 만나러 오다가 큰 사고가 났다고 생각하면 더없이 슬프고 끔찍해. 아마 평생 가슴에 돌 하나 얹혀둔 기분으로 살아야 했겠지? 그래서 삼촌의 그 표정들을 이해해. 그런데도 삼촌은 우리 남매에게 엄청 잘해 줬잖아. 우리가 외할머니 댁에 가면 삼촌이 항상 재미있게 놀아줬던 거 생각나. 잠자리도 잡아주고 캠프파이어도 해 줬지.

공부도 안 하면서 공부하기 바쁘다고 중학생 때부터 대학교 졸업할 때까지 몇 년을 시골에 내려가지 못해서 그게 아직도 아쉬워. 그때 더 많이 만났다면 좋았을 텐데. 이렇게 같이 보내지 못한 시간을 떠올리기만 해도 아쉬운데, 삼촌, 왜 그랬어. 대체 왜.

왜 혼자 떠나버린 거야? 왜 그동안 말하지 않았어? 뭐가 그렇게 삼촌을 힘들게 했어? 아무 말 없이 떠나서 사실 너무 서운해.

장례식장엔 사람이 많이 왔어. 삼촌이 일하던 학교의 선생님들부터 학생들, 마라톤 동호회 사람들, 친구들까지 정말 많이도 왔더라. 동호회도 들고 재미있게 살려고 열심히 노력했는데 마음처럼 잘 안되었던 거지? 삼촌 주변에 친구도 가족도 그렇게 많았는데 왜 누구 하나 삼촌 마음을 알아주는 이가 되지 못했을까? 남겨진 우리는 우리 자신을 원망했어. 말 한 번 더 따뜻하게 해줄 걸 그랬다고. 내가 삼촌과 마지막으로 나눈 대화가 뭐였는지 생각해봤는데 기억이 안 나더라. 삼촌과 얘기한 지 너무 오래된 것 같더라고. 미안해, 삼촌. 나는 정말 못난 조카였어.

　　장례를 치르는 내내 삼촌 핸드폰으로 대출상환 독촉 문자가 끊임없이 왔어. 그제야 우리는 알게 됐어, 삼촌이 채무 문제로 괴로워했다는 사실을. 삼촌이 살던 아파트 지하주차장의 CCTV에 찍힌 삼촌의 모습을 봤어. 삼촌은 죽음에 한 번 실패했는지 두 번이나 연탄불을 사러 나가더라. 그제야 우리는 알게 됐어, 삼촌이 그 정도로 절박했다는 사실을. 삼촌이 마지막까지 타고 있던 그 차를 폐차해야만 했어. 그런데 조수석 대시보드에 로또 50장이 남아 있었다더라. 그제야 우리는 알게 됐어. 삼촌이 마지막까지 희망을 품고 있었다는 사실을. 마지막 희망의 불씨라도 피우고 싶어 손에 쥐었던 로또 50장. 빚만 남기고 떠나간 삼촌의 마지막 사치.

　　삼촌이 떠난 후 삼촌에게 계속 물음을 던졌어. 정말 꼭 그래야만 했을까?

나 사실 자살은 이기적인 행동이라고 생각해왔어. 남겨진 이들에게 평생 지워지지 않는 상처를 남기는 일이라고. 근데 삼촌에게 이승이 그렇게나 괴로운 곳이었다면 스스로라도 목숨을 끊는 편이 덜 고통스러우리라, 이제는 그렇게 생각하게 됐어.

나, 삼촌의 삶의 무게는 잘 알지 못하니까.

삼촌과 나눈 마지막 대화조차도 기억 못 하는 내가 삼촌의 삶을 어떻게 이해할 수 있을까. 당신의 삶을 내가 뭐라고 판단할까.

삼촌이 지금 있는 곳이 하늘이라면. 작은누나도 만나고 매형도 만나고 아버지도 만나서 기쁘지? 그곳에서 행복하다면 그걸로 됐어. 대신 그곳에서는 오랫동안 땅에 있는 우리 가족들을 지켜줘.

나도 가끔 하늘을 볼게.

그때 우리 웃으며 인사를 나누자.

삼촌을 그리워하는 조카가

어느 밤, 소녀에게

늦은 밤 어두운 골목길에
붉은 가로등 불빛만 일렁이던 날이었습니다.
제법 추워진 날씨에 있는 힘껏 몸을 웅크리고
집으로 가는 발걸음을 재촉하다 한 부녀를 보았습니다.
그 부녀의 모습이 한동안 잊혀지지 않아 이렇게 글을 씁니다.

나도 너처럼

아빠의 늙어가는 모습을 보고 싶다.

저기 저 나이 든 아저씨와

중학생쯤 되어 보이는 어린 딸은

투닥거리면서도

잡은 손을 놓지 않고 짝짜꿍이 잘도 맞는다.

네가 여느 여중생처럼 틱틱거리며

아빠에게 말을 던져도,

그 모습이 귀여워 죽겠다는 듯이

네 아빠는 너를 바라보더라.

아빠는 몰라. 아빠는 몰라도 돼.

그렇게 불러대는

'아빠'라는 말이 너무 듣기 좋더라.

나도 너를 따라 불러보고 싶더라.

아, 빠.

나는 나의 아빠와 엄마를 떠나보낸 지

어느새 30년이 훌쩍 넘었다.

아주 가끔씩 그들이 그리울 때가 있는데

오늘이 딱 그런 날이었다.

이름도 모르고 얼굴도 모르는 부녀의

뒷모습을 잠시 바라봤을 뿐인데

한참 맘이 시리다.

나의 부모는 사진첩에 갇혀 있고

내 기억 속에만 머물러 있다.

그래서 그들은 언제나 젊다.

내가 유치원에 들어가며 그들을 떠올렸을 때도

그들은 20대였고

내가 첫 교복을 입으며 그들을 떠올렸을 때도

그들은 20대였고

꼬꼬마였던 내가 서른을 넘긴 지금도

그들은 20대의 모습이다.

어느새 나는 그들보다 오래 살아

이 땅에 발을 붙이고 서 있다.

나도 너처럼 아빠를 불러보고 싶다.

아빠의 늙어가는 모습을 보고 싶다.

태산처럼 넓고 크다는 그 존재에게 안겨보고 싶다.

아빠의 주름진 손을 만져보고 싶다.

엄마의 갱년기를 위로해주고 싶다.

엄마의 주름진 얼굴에 보톡스를 선물해주고 싶다.

나도 너처럼.

삶의 문턱마다
나를 살게 한 어른들에게

어리고 미성숙했던 저는 여러 어른들의 도움으로 지금껏 살아왔습니다.

가장 어릴 때의 기억을 떠올려보라 한다면 저는 고모가 생각납니다. 고모는 기억할지 모르겠지만 어린 시절 저에겐 자물쇠가 달린 비밀 일기장이 있었습니다. 저는 그 은밀한 일기장에 이 세상에서 사라졌으면 좋겠다는 글을 자주 썼습니다. '죽고 싶다'라는 표현은 너무 강한 의지가 담겨 있어 부담스러웠고, 그래서 저는 죽고 싶다는 말 대신 사라졌으면 좋겠다고 썼던 듯합니다. 그 말은 다양한 표현으로 변주되어 하루하루 일기장을 가득 채워갔습니다.

'내일 아침이 오면 눈을 뜨지 못했으면 좋겠다.'

'내가 사라진다면 우리 가족은 행복할 것 같다.'

아홉 살 어린아이가 쓰기에는 조금은 이른 글이었는지도 모릅니다. 그렇게 사라짐을 열망하던 어느 날 누군가제 일기에 편지를 쓰고 갔습니다. 바로 고모였습니다. 고모가 제 방에 몰래 들어와 일기장을 훔쳐봤나 봅니다. 고모는 제가 이 세상에서 얼마나 귀한 존재인지, 우리 가족이 얼마나 저를 사랑하는지, 제가 얼마나 예쁘고 사랑스러운지 거의 한 편의 소설처럼 길고 자세하게 묘사한 편지를남겼습니다. 그날 이후 고모와 저는 그 일기에 관해 어떠한대화도 나누지 않았지만, 여전히 저는 그게 저를 살린 첫번째 편지라고 생각하고 있습니다.

제가 처음 글을 쓰게 된 건 초등학교 4학년 때 담임선생님을 만나고부터입니다. 선생님은 젊은 시인이었습니다. 우리는 1교시 수업을 시작하기 전, 시 쓰는 시간을 가졌습니다. 매일 아침 등교하면 칠판에 시제가 적혀 있었습니다. 그 시제를 활용하여 동시를 쓰는 게 아침 자습 활동이었습니다. 반쯤 강제로 참여한 활동이었지만 어쩐지 저는그 시간이 좋았습니다. 매일 학교를 향하는 길이 즐거웠습니다. 오늘은 칠판에 어떤 시제가 적혀 있을까 기대하며 교실 문을 열던 기억이 생생합니다. 선생님의 방학 숙제도 특별했습니다. 선생님은 시나 시조를 써서 시집을 만들어 오라는 숙제를 내주셨습니다. 저는 시집을 만들기 위해 방학 내내 시를 썼고, 마침내 아주 작은 저의 첫 시집 〈예쁜 소나무〉를 완성했습니다. 생각해보니 그 시집이 제 인생 최초의 독립출판물입니다. 그 일이 시작이 되었는지 저는 여전히 글을 쓰는 사람으로 살아갑니다. 글을 쓰면서 저는 스쳐 지나간 순간을 붙잡아 다시 천천히 들여다보는 경험을 합니다. 어떤 하루는 글 속에서 두 번, 세 번 살아내기도 합니다. 제가 슬픔을 글로 다스리는 법을 알게 된 것은 선생님이 시를 가르쳐준 덕분입니다. 그게 지금껏 저를 살게 하는 가장 큰 도구입니다.

나의 미성숙함을 떠올리면 얼굴이 붉어지는 사건은 바로 아주머니에게 화를 내던 때입니다. 아주머니는 잘 지내시나요? 우리가 처음 만나던 날이 지금도 기억납니다. 저는 아주머니에게서 풍기는 우아하고 점잖은 분위기가 좋았습니다. 아주머니는 저의 급식비 후원자였습니다. 제가 초등학교 고학년으로 올라가면서 도시락 대신 급식을 먹어야 했고, 기초생활수급자였던 저는 후원금을 받아 무료 급식을 신청할 수 있었습니다. 하지만 열두 살 어린 나이에 반 친구들에게 가난을 들키는 것이 부끄러웠던 저는 아주머니의 존재가 조금 불편했습니다. 딸이 없던 아주머니는 제가 중학교에 입학할 무렵 예쁜 가방과 신발을 선물해주셨고, 자주 저를 불러내 햄버거나 피자 같은 음식을 사주셨습니다. 저도 그런 호의가 싫지는 않았습니다.

하지만 할머니는 한술 더 떠서 이제 저에게도 엄마가 생긴 것이라며 호들갑을 떨었고, 아주머니의 가족들을 초대하여 잔칫상을 차려 대접했습니다. 할머니는 그 자리에서 저에게 아주머니와 아주머니의 남편을 엄마, 아빠라고 부르라고 강요했습니다. 저는 그 상황이 너무 싫었습니다. 성인이 된 지금은 할머니가 그저 고마움을 표현하고 싶었을 뿐임을 알지만, 어렸던 저에겐 그 상황이 폭력적이고 버거웠습니다. 그 화를 할머니에게 풀면 될 것을 엉뚱하게 아주머니에게 풀었습니다. 왜 내 앞에 나타나서 이런 상황을 만드는 것인가 하는 생각에 아주머니가 미웠습니다. 저는 아주머니께 받은 선물들을 다 돌려드릴 테니 다신 연락하지 말라며 모질게 굴었습니다. 아주머니는 다신 연락하지 않겠다고, 미안하다고 말했습니다. 그리고 곧 중학교 입학을 축하한다면서 나중에 커서 훌륭한 어른이 되라는 내용의 편지를 보내주셨습니다. 그게 나를 키운 또 하나의 편지였습니다.

언제부턴가 저의 글에서 지워진 존재가 있습니다. 그건 바로 할아버지입니다. 할아버지는 제가 태어났을 때부터 저의 가장 가까운 곳에 존재하다가 제가 열일곱이 되던 해에 사라져버렸습니다. 하지만 저의 삶은 열일곱 살을 기점으로 다시 시작되었기에 할아버지는 자주 제 글에서 잊혀집니다.

제가 영화를 배우면서 처음 쓴 중편 시나리오는 할아버지를 향한 저의 감정을 바탕으로 쓴 이야기였습니다. 영화 속 결말은 열린 결말이었지만, 실제 우리 삶은 전혀 다른 방향으로 흘러갔습니다.

할아버지는 제게 한글을 가르쳐주셨고, 영어를 가르쳐주셨고, 한자를 가르쳐주셨습니다. 돌이켜보면 할아버지는 정말 똑똑한 사람이었습니다. 그 모든 것을 독학으로 깨우친 사람이었으니까요. 형제도, 가족도 없이 북한에서 남한으로 홀로 넘어온 할아버지는 외로웠지만 먹고살기 바빴을 겁니다. 어쩌다 결혼을 하고 아이도 셋이나 낳았지만 아내는 먼저 세상을 떠났고, 그래서 할아버지는 더 외로워졌으나 더 먹고살기 바빠졌을 겁니다. 그렇게 혼자서 생계를 꾸려나가던 할아버지는 저희 할머니를 만나게 되었죠. 할아버지처럼 배우자를 먼저 떠나보내고 자식 둘을 키우며 사는 여자. 할머니와 할아버지는 새로운 가정을 꾸렸고, 저와 남동생은 부모님이 돌아가신 후 두 분 밑에서 자라게 되었습니다.

두 분이 다툴 때면 저는 할아버지에게 모진 말을 내뱉으며 할머니 편에 섰습니다. 그런 저의 지난날을 지금도 후회합니다. 사실 저는 그때까지 우리 남매를 키운 사람은 할머니가 아니라 할아버지임을 알고 있었습니다. 일밖에 모르는 할머니를 대신해 할아버지는 우리에게 밥을 차려주고, 숙제를 함께 풀어주고, 책을 읽어주고, TV를 같이 봐주고, 세상에서 일어나는 재미난 이야기들을 들려주었습니다. 저희의 양육자는 할아버지였습니다.

제가 열일곱 살이 되던 해 할머니와 할아버지는 자주 싸우셨고 결국 할아버지는 할머니에게 쫓겨났습니다. 할머니는 할아버지 짐을 밖에 내던졌고, 할아버지는 그렇게 내던져진 짐을 떠안고 우리를 떠났습니다. 그 넓은 집에서 할아버지의 짐은 그리 많지 않았습니다. 그만큼 할아버지는 우리와 살면서 욕심낸 것이 없었나 봅니다. 그런 할아버지의 편에 서주지 못해 지금도 많이 미안합니다. 그때 저에겐 다른 선택지가 없었습니다. 할머니의 친손녀니까 할머니 뜻을 따라야 한다고 느꼈습니다. 그래도 저는 어린 시절 저를 키운 사람이 할아버지라고 생각합니다. 할머니는 할아버지가 떠난 뒤 우리를 돌보기 시작했습니다. 할머니와의 이야기는 그때부터 시작됩니다. 할머니가 우리를 책임지기 전까지 우리를 보살피던 이는 할아버지였음을 저는 늘 기억할 것입니다. 할아버지를 잘 몰라 미안했어요. 이제는 할아버지의 품을 떠난 시간이 할아버지와 함께 살던 시간보다 더 길어져서 조금 어색하지만, 지금의 나를 세운 건 당신임을 평생 기억할게요. 감사했고, 사랑합니다.

당신들의 보살핌으로
무사히 살아남아 어른이 된 아이 올림

단단한 나의 토양,
할머니께

어른이 되면 안정감 있는 삶을 살게 될 줄 알았어. 그런데 지금 생각해보면 나는 안정감이 뭔지도 모르면서 막연히 서른이 넘으면 직업도 관계도 삶도 견고해질 거라고 상상했던 것 같아.

나는 언제나 하고 싶은 것도, 되고 싶은 것도 많았어. 나의 욕망은 수시로 변했고 나의 기분 또한 욕망에 휩쓸려 롤러코스터를 탔지. 틈만 나면 바뀌는 삶의 방향 때문인지, 불투명한 미래와 확신 없는 현재 때문인지 이유 없는 불안이 지속됐어.

불안정한 삶이 두려워진 나는 차츰 변하기 시작했어. 돌발 상황이 닥쳐도 모험과 도전의 기회라고 받아들이던 시절은 사라졌어. 무엇을 시작하든 빈틈없이 계획을 세우고 내가 아는 범위에서만 철저히 통제하려 했지. 물건이든 관계든 순간이든 제자리를 찾아주려 애썼고 나 역시 안전한 장소에서 벗어나지 않도록 수많은 변수로부터 스스로를 보호했어. 하지만 안정적인 삶을 손에 넣고도 다시 불안해졌어. 내가 소유했다고 생각한 물건과 관계와 순간들이 언젠가 사라져버릴지도 모른다는 회의감 때문이었어. 세월이란 시간과 함께 많은 것을 쌓아가다 소멸시켜버리는 모든 과정이라는 사실이 나를 계속 불안하게 만들었지.

할머니는 이토록 두려운 삶을 언제나 단단히 지탱해주는 사람이야. 친구들에게는 독립적으로 살아야 한다고, 주체적인 사람이 되어야 한다고 일장 연설을 하면서도 정작 중대한 결정을 내려야 할 때면 나는 무조건 할머니에게 전화를 걸지. 할머니는 언제나 심플한 답을 내려주는데 그것이 나에게 큰 용기를 줘.

삶이라는 게 별것 없다는 것.
머리로 생각해봤자 소용없으니 우선 해봐야 한다는 것.
지금 고민하는 일이 사실 그렇게 큰일도 아니라는 것.

모두 할머니에게 배웠어. 혼자 서 있는 듯 보여도 나는 할머니라는 토양에 뿌리 내린 한 그루의 나무일 뿐이야.

견고한 땅인 줄로만 알았던 할머니가 작년부터 유난히 크게 무너졌어. 자주 탈이 났고 자주 넘어져 다쳤지. 할머니가 집에서 미끄러져 허리에 금이 갔다는 소식을 듣고 나는 회사에서 뛰쳐나와 바로 할머니에게 달려갔지. 입원 수속을 마치고 병실에서 쓸 물건을 챙기러 할머니 집에 갔다가 눈물이 터져버렸어.

집이 너무 지저분했어. 온갖 곳에 때가 눌어붙어 있었어. 매일 쓸고 닦으며 집을 정돈하던 할머니는 이제 몸 하나도 가누기가 어려운지 너저분한 집을 방치했어. 청소는 자주 하는데 갈수록 눈이 나빠져 바닥의 먼지와 때가 잘 안 보인다던 할머니의 말이 떠올랐지. 그렇게 한참 동안 할머니가 없는 빈집을 치우며 눈물을 닦았어. 방바닥을 쓸다 보니 머리카락이 흩날리더라. 짧고 꼬불꼬불한 머리카락. 얇고 힘이 없어 바닥에 가라앉지도 못하고 떠다니더라. 소파 밑에선 온갖 물건들이 나왔어. 소파에서 머리를 빗고 화장하고 등을 긁던 할머니가 들고 있던 소지품을 떨어트려도 허리를 굽히기 힘들어서 물건을 꺼내길 포기한 채 그냥 그 자리에 둔 것 같았어.

나는 언제나 또래보다 빨리 어른이 되길 원했어. 동생을 둔 누나니까, 부모가 없어서 할머니가 키우니까 남들보다 빨리 커야 했어. 평범한 아이처럼 살고 싶었지만 환경이 따라주질 않았어. 그래서 그토록 안정감을 원했는지도 몰라. 이제야 겨우 자리를 잡고 적당히 철없는 삶을 살 수 있다고 생각했는데, 이제 좀 살만하다고 생각했는데. 안정감이 이런 거구나, 알 것 같다고 생각할 때쯤 할머니의 나이 듦은 또다시 나를 또래보다 어른으로 만든다. 나는 이제부터 할머니의 집을 치우고 병원비를 내고 간호를 해야겠지. 나는 또 원치 않게 지금보다 어른이 되어야 하겠지.

하지만 여전히 어린아이 같은 나는 할머니라는 땅이 흔들린다는 사실이 감당할 수 없는 불안으로 다가와. 아직 내 삶은 안전하지 않은데, 할머니가 소멸해버리면 아주 오랫동안 일어나지 못할 것만 같아.

할머니는 이전보다 자주 나에게 전화해서 어린아이처럼 투정을 부렸어. 병원에서 MRI를 찍으라고 하는데 할머니 친구 세 명이 MRI를 찍다 죽었다고, 그래서 찍기 싫다고, MRI 없이 아픈 원인을 찾는 방법 좀 알아보라고 억지를 부렸어. 그런 할머니의 투정이 어이없고 짜증 나다가도 정말 할머니가 사라져버릴까 두려워져.

죽음이 두려운 건 할머니도 마찬가지겠지. 할머니는 부쩍 나에게 자신의 불안을 전가해. 나는 할머니 앞에서 애써 용감한 척하며 할머니가 나에게 그랬듯 나쁜 일은 없다고, 별일 아니라고 단호하게 말하지. 하지만 수화기 너머에선 나 역시 엄마와 떨어질까 두려워 분리 불안을 앓는 아이처럼 떨고 있어.

두려움이 나를 삼키지 않도록 매일 다짐해.
아직은 이별할 때가 아니라고.

나는 요즘 할머니의 시간이 거꾸로 가는 상상을 해. 나는 아직 할머니에게 열매를 주지 못했어. 할머니라는 토양에 오래오래 뿌리를 내리고 단단하게 서 있는 열매 맺은 나무가 되고 싶어.

그러니 조금만 더 버텨줘. 조금만 더 오래.

내가 조금 빨리 어른이 되어도 좋으니, 할머니에게 받은 사랑과 지혜를 반만이라도 돌려줄 수 있도록.

할머니의 모든 삶을 사랑하는 손녀가

그 순간 기적처럼
기프티콘을 보냈던 나의 사랑에게

솔직히 말하면 살 빼겠다고 일부러 밥을 굶은 적은 있어도 돈이 없어서 밥을 굶은 건 아마 그 시절뿐일 거야. 나의 20대 중반은 매일 굶주린 기억뿐이야. 진짜 밥을 못 먹었거나 마음이 늘 허기졌거나.

아르바이트로 용돈을 벌어서 먹고 싶은 거 다 먹고 놀고 싶은 거 다 놀던 20대 초반의 삶을 끝낸 후 나는 진짜 하고 싶은 일을 위해 그동안 해온 모든 일을 그만두고 영화판으로 뛰어들었지. '영화는 배고픈 직업'이라는 말이 엄살 부리려고 하는 소리가 아니라 진짜 현실이라는 것을 두 달 만에 뼈저리게 깨달았어. 그래도 하고 싶었어, 그 영화라는 거. 보수도 받지 않고 심지어 내 돈 들여가며 일해야 했으니

평범한 직장인이라면 당장 그만뒀겠지만, 나는 영화과 재학 시절에도 학교에서 먹고 자며 사비를 들여 영화를 찍었으니까 원래 다 그렇게 하는 줄 알았어. 아무튼 그때의 난, 미련했고 순진했지.

두 달을 매일같이 9시에 출근했는데 피디와 대표는 캐스팅을 하러 나가거나 투자자를 만난다며 사무실엔 잘 나오지도 않았고, 영화라고는 〈타이타닉〉밖에 모르는 양아치 같은 제작부장은 시시껄렁한 농담만 던지다가 장소 헌팅을 다녀오라며 나를 사무실에서 내보냈지. 그렇게 논현동, 서초동의 카페를 섭외하러 다니다 봄날을 다 보냈어.

하루 종일 차도 없이 대여섯 시간을 걷다가 집으로 돌아가는 전철 안에선 언제나 허기가 졌어. 돈도 못 버는 주제에 이상하게 배는 너무 자주 고픈 거야. 그날은 정말 통장에 천 원도 남지 않은 날이었어. 지하철역에서 집까지 도착하려면 20분이나 더 걸어야 하는데 배가 너무 고팠어. 걸어갈 힘도 없던 그날, 나는 역 근처 빵집 앞에 서서 진열된 빵을 꽤 오랫동안 바라보고 있었어. 저 작은 빵 하나를 사 먹을 돈도 없는 내 모습이 처량하더라. 얼마 전까지만 해도 빵집에서 일하느라 빵이라고는 냄새도 맡기 싫을 만큼 질려 있었는데 말이야.

그때 당신의 메시지를 받았어. '퇴근했어? 이거 먹고 힘내!'라는 메시지와 함께 당신은 나에게 기프티콘을 보냈어. 빵과 음료가 세트로 구성된 기프티콘이었어. 나는 정말 왈칵 눈물이 쏟아졌어. 당신이 어디선가 나를 보고 있던 게 아닐까 싶을 만큼 놀랐어. 당신은 내가 가장 굴욕적인 순간조차 사랑으로 변화시켜준 놀라운 사람이야. 그 순간 울린 벨소리가 내게는 깨달음의 종소리 같은 거였어. 나는 당신의 메시지를 보면서 밥을 굶는 삶은 그 어떤 의미도 될 수 없다고 생각했지.

그렇지만 꿈을 포기하겠다는 말은 아니야. 나는 계속 내가 하고 싶은 일 하면서 살 거야. 시간이 조금 오래 걸릴지라도.

사람들은 하고 싶은 일을 하면서 사는 사람을 부러워하면서도 가끔은 조롱해. 하고 싶은 일을 한다고 힘들지 않다는 법이 없고 열심히 살지 않는 것도 아닌데 말야. 내 꿈을 냉소하는 이들이 아무리 많다 해도 여전히 나는 내가 선택한 길 끝에 닿아 성공하고 싶어. "거봐, 그러니까 내가 그 길은 안 된다고 했잖아" 하는 이들의 목소리를 높여주

고 싶지 않아. 아주 작은 소망일지라도 무언가를 원하는
마음이 구겨지지 않을 수 있도록 나는 포기하지 않을 거야.

　　나의 사랑, 늘 고마워. 당신이 있어 내 삶은 언제나 단
정할 수 있었어. 유난스럽지 않고 모나지 않게 그 시절을
보낼 수 있었음에 감사해. 내가 꼭 성공해서 기프티콘 천
만 배로 갚을게!

　　　　　　　　　　　영원한 기프티콘 채무자 박감동이

조용해서 좋다니요, 손님.
손님이 없어서 조용한 건데.

계속 손님 없고 조용하면 다음에 오실 땐
저희 가게가 사라져 있을지도 몰라요.

나만 알고 싶은 곳이라면 더 소문내주세요.

힘들고 지칠 때 읽기 좋은 책을 추천해달라고
하셨죠? 제가 일단은 책방 주인이라
책을 추천해드리긴 했지만요.

저는 힘들고 지칠 때 읽는 위로의 글 같은 건
없다고 생각해요. 아무리 수려한 문장이라도
가슴에 와닿지 않을 때가 많더라고요.
글은 좀 더 냉정하게 사고하고 말하며 나를
가르쳐주길 바라거든요.

그럼 위로는 어디서 받냐고요?
위로는 글이 아닌 사람의 온기를 통해 받았으면
좋겠습니다. 혼자 고민하고 아파하지 말고
누군가와 나누세요.

사람이 제일 미워도
사람이 제일 사랑해요.

편지가 긴 것만 있으란 법은 없으니까
욱해서 쓴 쪽지 6

욱해서 쓴 편지

초판 1쇄 인쇄 2021년 11월 29일
초판 1쇄 발행 2021년 12월 7일

글 박소예
그림 김그래

편집인 이기웅
책임편집 한의진
편집 주소림, 안희주, 김혜영, 양수인
디자인 MALLYBOOK 최윤선, 정효진
책임마케팅 정재훈, 김서연, 김예진, 김지원, 박시온, 류지현
마케팅 유인철
경영지원 김희애, 최선화
제작 제이오

펴낸이 유귀선
펴낸곳 ㈜바이포엠
출판등록 제2020-000145호(2020년 6월 10일)
주소 서울시 강남구 테헤란로 332, 에이치제이타워 20층
이메일 odr@studioodr.com

ⓒ 박소예

ISBN 979-11-91043-54-9 (03810)

스튜디오오드리는 ㈜바이포엠의 출판브랜드입니다.